# 天边

## 赵振元
## 散文自选集

赵振元————著

赵振元，1955年12月生，浙江平湖人。博士，享受国务院特殊津贴专家，中国作家协会会员，荣获亚洲管理创新十大新闻人物、2004年与2020年两次荣获全国十大经济新闻人物称号。在2023年11月第六届中国国际光伏产业大会上，被授予"中国光伏20年·20名功勋企业家"。2024年6月，在第十七届上海SNEC光伏大会上，被授予"全球太阳能领袖"。

现为中国信息产业商会副会长、中外散文诗学会执行主席、四川省散文诗学会会长、无锡新能源商会理事长。

先后出版有《窗外飘着雪》《江南的雨》《红旗飘飘》《我们走在大路上》《浪花里飞出欢乐的歌》《今夜又下着雨》《城市记忆》《诗情画意咏人间》《江南运河情》等文学专著，《江南的雨》《红旗飘飘》《圣洁的阳光》等配乐朗诵专碟，以及与夫人张小平合著的游记《行走在远方》《外面的世界》《一路风尘》《人在路途》（上、下册）、《我在这里等你》（上、下册）等。

# 有双深情的眼望着"天边"……

何建明

我喜欢诗一般的散文，是因为它有一种外在的激情和内在的美感。这大概就是散文之"形散"而"神不散"的奥妙所在。

赵振元先生是我的老朋友。与其说我敬佩他管理一个每年创百亿元产值的大型 IT 企业的能力，还不如说敬佩他在执掌如此繁重的工作之余，还能写出一手好文……这不是所有人都能做得到的。文人整天在吆喝写好作品，可很多人一辈子都没写出像样的东西来。反倒是一些"业余玩家"一出手，就是一篇篇精美之作。这实在让"作家"们脸上挂不住。

其实，赵振元先生早已是位中国作家协会会员了，只是他在 IT 产业领域的影响很大，所以一般人只知道他是位"董事长"，却很少知道他还是一位著名的散文家和散文诗作家。

这么说吧，严格意义上讲，赵振元先生是位散文诗领域里走得更远的散文家，散文诗在我们泱泱大国的文学种类里并没有被列入"名目"之中，写散文诗的作家们有些被边缘化了。其实这是一个很错误的划分。为什么小说可以分为长篇、中篇和短篇，甚至在评国家级大奖时也还有一个文体三个大奖的评法，而一个堂堂的名正言顺的文体却没有一席之地？这纯粹是某种所谓的"权威"之偏见和横蛮的结果。与文学本身的高贵和低贱其实根本无关。然而因为这样的区分，委屈了像赵振元等一大批散文诗作者。记得上世纪八十年代初，散文诗盛极一时，赢得广大读者和写作者的喜爱。这样的盛景后来一直没有再现，中间挫伤了多少散文诗作者的创作激情！

赵振元是个散文诗队伍里的重要作者，而且是这一队伍的重要领导者和支持者。我知道四川有一本《散文诗世界》杂志，已经办了一二十年，有很多读者。这刊物的顶梁柱就是赵振元先生，没有他的鼎力相助，中国散文诗的唯一一个阵地是不可能维持至今的。这一文学奉献当载入中国当代文学史。

也正是这种对散文诗的执着与痴迷，赵振元成为散文家是必然的。我知道他的创作状态——几乎都是在工作隙缝中和旅途中完成的，或者是在休假中的随笔式诗兴文涌……

如同他一表人才、英俊魁梧的外貌一样，赵振元的作品充满了大气、豪情与壮志，同时又透着无尽的俊秀、灵动和细腻。哲思和经验，又是他的文字中与众不同之处，因为很少有作家像他那样基于企业管理经历、对现实社会的敏感的感悟与深刻之思考，所以他的散文里透满着家国情、时代情、民族情和对未来的无限希冀。这是文章的力量和骨骼，它不像有些看似很美，实则无病呻吟的作品。这部《天边》散文集，是赵振元多年创作的散文中的精品之作，读来叫人热血沸腾，无限遐想。如他所言，《天边》一文中所言：天边有"奇妙的景物"，是"温馨的港湾"、"梦中的期待"和

"希望的光芒"。那时还有"故乡的云"和"妈妈的期待"……难道我们的人生不是这样每天在遥望这样的"天边"并在探究它的无穷奥妙吗？

或许赵振元先生在奔忙于经营管理之中，比我们一般文人更接近"天边"并有更深刻的认识和感悟……是的，我已经通过这一百多篇如珍珠般的精美短文品到了这一点。我想所有读者也会如此。

或许，我们的每天都是这样平淡而无新意；

或许，我们的每天都是这样单调枯燥而日日重复；

……

但新思想，可能就在日复一日的平淡中出现。

勇敢放飞生命吧，生活是创造的源泉，平淡中孕育着伟大……

瞧，《天边》已经告诉了我们一个富有哲理的宝贵经验。

2024 年 7 月 1 日于上海

目 录 ｜ 上篇：感悟自然

天边 003

我爱祖国的蓝天 005

蓝天与白云 007

再出发，在阳光灿烂的日子里 009

茫茫云海 011

早晨，蓉城下起了雨 013

光彩照人 015

多彩的枫叶 017

不变的底线 019

风中有朵雨做的云 021

云雾连接 023

黄岛一夜 025

一棵枫树 027

高山雪松 030

磐羊湖美 032

山间晨雾 034

风雨无阻 035

水雾缭绕 037

风吹彩云舞 038

永远的思念 040

朝霞满天 042

穿越迷雾 044

乌云密布的日子 046

闪烁的星星 049

天上彩虹 052

迷雾的考验 054

心中有个太阳 056

大雾 059

深秋初雪 061

夕阳西下 063

花谢时分 065

绵绵细雨 067

光辉的太阳照我们 069

夜空的月亮 071

青岛的美 073

成都蓝 075

沉雷九天炸 077

夜来风雨声 079

青城山绿 081

风景这边独好 083

风景，挡不住　　　　　　　　　085

忠诚的伴侣　　　　　　　　　087

弯弯的月亮　　　　　　　　　089

又见彩云　　　　　　　　　　091

金色的晚霞　　　　　　　　　093

挡不住的风景　　　　　　　　095

## 下篇：远山近水

在诗意般的风景中穿行　　　　099

樱花时节春满园　　　　　　　101

锡城与蓉城　　　　　　　　　104

长风公园——城市的绿地　　　106

仁寿湿地，雨夜的美好记忆　　108

秋日的都市　　　　　　　　　111

秋天的童话　　　　　　　　　113

春临无锡分外美　　　　　　　115

南长街　　　　　　　　　　　120

你有奔腾的力量　　　　　　　122

高原边陲小城——林芝　　　　124

巴松措，美得不敢看　　　　　126

海拔 4200 米　　　　　　　　128

终到拉萨　　　　　　　　　　130

秦淮人家　　　　　132

成都，早晨美！　　134

今夜黄山有雨　　　135

黄山云海　　　　　137

扬州的风情　　　　139

文景山公园　　　　141

盐官观潮　　　　　143

城南庄往事　　　　146

内蒙古的早晨　　　150

三岔湖的夜晚　　　153

寺院一夜　　　　　155

千年劲吹人祖风　　158

漠河的风　　　　　160

漫步东台西溪　　　162

江南的古镇　　　　165

江南的回忆　　　　170

江南的田野　　　　173

江南的庭院　　　　177

江南的山　　　　　180

江南的湖　　　　　182

嘉兴，美丽的故乡　184

阆中古城　　　　　186

束河十年　　　　　189

夜临涵田　　　　　191

建设美丽乡村　　　　　　　193

五月，红花盛开　　　　　　196

最美人间四月天　　　　　　198

十月放歌　　　　　　　　　202

遍地尽是黄金甲　　　　　　204

留住春天的脚步　　　　　　206

浪里分不清欢笑悲忧　　　　208

在诗歌的春天里荡漾　　　　210

雾比景美　　　　　　　　　212

梅花欢喜漫天雪　　　　　　214

残雪　　　　　　　　　　　216

红梅的品格　　　　　　　　218

春潮涌动　　　　　　　　　220

都市的夜晚　　　　　　　　222

窗外的景　　　　　　　　　224

初临南北湖　　　　　　　　226

留住心中的春天　　　　　　228

烟雾缭绕的柳江　　　　　　230

温暖的春节　　　　　　　　232

夜幕下的凤凰　　　　　　　235

忽然一夜成绿道　　　　　　237

在平淡中开创新生活　　　　239

秋日的暖流　　　　　　　　241

［上篇］

# 感悟自然

# 天　边

天边，在极目的远方，有满天云霞，有无尽的遐想。

一抹彩霞映红天边，缤纷如同美丽的霓裳，多彩多姿，在蓝天衬托下，分外妖娆。彩霞在飞，不断快速地移动着，奇妙地变幻着，美丽无比。

天边，如同一幅浓墨的水彩画，让人目不暇接，令人神往。落日余晖，给天边镶上最美的彩霞。这彩霞如金子般灿烂，这彩霞是道绚丽的风景线，这彩霞如天边的彩虹，伸手可及，让人心醉。

天边，你是温馨的港湾。这里有蓝天白云，这里有广袤的绿色草原，这里有平静的湖泊，这里有奔腾的大海，这里有峻美的高山，这里有清澈的小河，这里有皑皑的雪山，这里有涌流的温泉，这里充满着童话般的神奇，这里静寂无声……远离喧闹的世界，这里可以放下心中的一切，所有的烦恼都会去除，所有的爱恨搁置一边，让心灵放个假，这里是温馨的港湾。

天边，是梦中的期待。插上梦想的翅膀，飞向天边，天边有个梦。那是童年的快乐，那是青春的回忆，那是崎岖的成长路，那是人生路上的风光，那是心中永远美好的思念。天边，是梦想，无数次在梦里与你相遇；天边，是远方，总是这么遥远，可望而不可即；天边，是诗歌，情感波澜激荡，心中升起一轮明月；天边，是向往，是澎湃的力量，无法阻挡；天边，是七彩梦幻，绚丽夺目，美丽无比；天边，是万里宏图，壮志凌云，擘画天下美丽图画。

天边，是希望的光芒。千万里追寻着你，千万次呼唤着你，跋山涉水到天边，天边是希望的光芒。早晨，一轮旭日从东方升起，太阳喷薄欲出，映红天际，我们在天边守候着希望的光芒，这光芒穿破云雾，照耀大地。落日，我们在这里守候着你，这里是美丽的晚霞，映红天际。

天边，是心中的天堂，令人向往；天边，想你时你在眼前，眼前是万里河山。天边，这里有故乡的云，有妈妈的等候。我与妈妈相约在天边，倾诉着别后的牵挂，讲述着儿子的思念，告慰着亲爱的妈妈，我们一切都好。

# 我爱祖国的蓝天

今天是周六，我与朋友们在江南的高速公路上飞驰。虽然天气很热，但湛蓝的天碧空如洗，白云朵朵，给人以好心情。

在灿烂阳光的照耀下，极目远眺，千里无阻，城市建筑群熠熠生辉，道路两旁鲜花朵朵，在微风中轻轻摆动，湖水清清，小桥流水，万物欣欣向荣，一幅现代城乡美丽图景。

阳光下，城市变得更加美丽，生活因此而更加和谐；阳光下，古镇焕发青春，历史生动再现，生活变得更美好。

蓝天，是人们的向往；蓝天，是生活的美好；蓝天，是自然的恩赐；蓝天，是环保的结果。

我爱祖国的蓝天，蓝天下，草原上骏马奔驰，风吹草动，牛羊满山坡，狗儿跳，马儿叫，还有羊儿咩。

我爱祖国的蓝天，无论是繁华的都市，还是古朴的农村；无论是边关热闹的小镇，还是静默无声的边卡哨所，我们都共享着祖国的蓝天，共享着和平的阳光，共享着改革的成果。

蓝天，是我们心中的向往；祖国，是我们共同的依靠。

我爱祖国的蓝天，军舰航行在祖国辽阔的万里海疆，汽笛在塞外晨风中吹响，快捷的高铁行进在铁路线上，高速路上车水马龙，船只在清澈的湖水上穿行。

蓝天下，飞机在辽阔的万里长空翱翔。鹰击长空，空军战士在保卫着祖国的领空，保卫着祖国的安宁。

蓝天下，鱼翔浅底，万类霜天竞自由，生命的欢乐，生活的快乐，在蓝天下尽情挥洒。

蓝天，因净而蓝，因晴而淡。蓝天，是自然的微笑，是上帝的眷顾。

蓝天下，电视机旁，世界杯的硝烟正浓，决战犹酣，给假日的生活增添无穷乐趣，生活真美好。

无论是贸易大战，或是新能源发展步伐的调整，都挡不住蓝天的出现。改革开放四十多年，我们已经强大，已经懂得蓝天的珍贵，懂得对大自然的珍惜，懂得对改革成果的呵护。

我们守护着美丽的蓝天，守护着改革的成果，我们在蓝天下，享受着生活的美，享受着富裕的快乐，享受着大自然给予的一切，享受着人生的幸福。

# 蓝天与白云

　　蓝天与白云，是天下最美的组合。碧空如洗，蓝天白云，装扮得天空分外妖娆，江山如此多娇，引无数英雄竞折腰。

　　蓝天与白云，是精美的自然画卷。无论是在天边，还是在眼前；无论是在万米高空，还是在身边，蓝天与白云的多彩组合，构成无数精彩的画卷。这画卷快乐着人们的心情，美化着人们的生活，留在人们心中永远的记忆里。

　　蓝天与白云，是天生一对。有蓝天出现，就有白云飘随；有白云飘过，就有蓝天护卫。蓝天与白云是永远不分离的一对。

　　蓝天与白云，经历了亿万年的岁月，你们依然如此相伴，依然如此相爱，依然如此深情，让我们羡慕不已。

　　蓝天与白云，在经历无数岁月的风雨洗礼后，你们不仅风采依旧，而且更加风光，更加美丽。这让我们相信，爱，可以延续美丽；爱，可以延续永恒。

　　蓝天与白云，你们让我们懂得了什么是忠贞不渝，什么是新美如画。爱，就要像你们，千年不变，万年还在，亿年永存。爱，就要像你们，朝夕相处，四处紧随，一刻不分离，永远在一起。

蓝天与白云，天上因你们而更加辉煌，自然因你们而更加美丽，人间因你们而更加快乐，我们因你们而更加幸福，生活因你们而更加美好。

我们爱你们，蓝天与白云。我们跟随你们，到天涯海角，到天上人间，到梦想的地方，到理想的天堂。

我们想你们，蓝天与白云，一刻也不想离开你们。每当雾霾遮天，看不到你们时，我们就心情沉重，找不到生活的方向；每当狂风暴雨、黑云滚滚时，我们见不到你们时，就知道灾难将要来临，必须保护好自己，免遭厄运。

亲爱的蓝天与白云，你们是我们的保护神，是我们生活的导师，上帝的天使，让我们永远保护好你们，保护好美丽的大自然，让我们生生相依，息息共存，永续这万年不灭的美好缘分吧！

# 再出发，在阳光灿烂的日子里

再出发，在阳光路上。明媚的阳光照耀在金色的大地，大地生辉。山水在阳光下分外妖娆，绿色葱葱，江山如此多娇，花儿朵朵，开放出芬芳的花蕾。

再出发，在美丽的风景线。再出发，在风景如画的蠡湖旁，在天下一绝的鼋头渚，在风光无限的太湖旁。无锡，进入发展的快车道；无锡，正在成为世界的无锡。

再出发，在美丽的蓉城。这里是杜甫曾经居住过的地方，杜甫的梦已实现，蓉城现代"广厦千万间"，传统与现代一体、历史与文明交汇，国际大都会大格局已奠，森林城市已成。

再出发，在改革的前线。改革开放四十多年，成果丰硕，国家强盛，人民富裕，欣欣向荣，然战斗正未有穷期，世界高科技竞争激烈，贸易摩擦不断，新挑战严峻，唯改革才能强国力，续发展，辟新路。

再出发，在十一科技发展的关键期。十一科技，快速成长十八年，格局已定；未来路，光灿灿一片，挑战就在面前，遇关键机遇期，闯关口，上规模，求质量，再战一场。

再出发，在发展的黄金期。黄金期是千载难逢的，黄金搭档是可遇不可求的。在如此美好的时期，在如此珍贵的岁月。

再出发，信心满满；再出发，豪气冲天；再出发，书写更加灿烂的历史。

再出发，在成长的快速期。格局已定，大盘已稳，方向已明，基础已奠，道路已成，速度可快，在加速中进入新天地，在加速中领略新风景，在加速中走进新时代。

再出发，在梦想成真的日子里。梦想飞，在心中；梦想飞，在行动；梦想飞，勇敢追。朝着梦飞的地方去，再苦再累不回头。

再出发，在跨界的洪流中。跨界飞跃，文理互通，诗文闪耀，生活催生激情诗篇，笔墨飞舞，交四方好友，友谊遍天下。

再出发，在夕阳红的日子里。夕阳红，温馨又从容；夕阳红，红透半边天；夕阳红，晚霞如彩虹。

再出发，在生命燃烧的日子里。青春永在，生命永恒。虽岁月无情，时间穿梭，新陈代谢难阻挡，唯年轻的心永远不老，唯旺盛的斗志永远不减，唯忠诚的心永在，与亲爱的祖国同心。

# 茫茫云海

　　云海，是云彩的组合。茫茫无际的云海，是河，是海，是云，是白茫茫一片，是一片白色的世界，银色的世界，纯洁的世界。

　　云海，我们只能在万米高空，才能与你相会，才能看到你，看到你的气势磅礴，看到你的博大无边，看到你的纯洁无瑕，看到你的靓丽倩影。

　　我们穿行在茫茫云海，仿佛进入一个新的世界，这是个白色的世界，这是个纯洁的世界，这是个令人神往的世界。

　　在茫茫云海，我们变得纯洁起来，一切污浊，在这里得到清除；一切肮脏，在这里得到净化；一切尘埃，在这里得到洗涤。这儿是人类心灵的净化器。

　　在茫茫云海，我们变得快乐起来。这里，充满光明，没有黑暗，没有干扰，没有杂音，没有压抑；这里，只有白色的云河，安静的世界，这儿是我们的快乐世界。

　　茫茫云海，我们在无边无际的云海里畅游，心胸变得豁然开朗，视野开阔了，封闭的思路茅塞顿开，这儿是开阔的世界。

茫茫云海，仿佛进入了神话世界。腾云驾雾，如入仙境，如梦似幻，一切是那么神奇，一切是那么美好，一切是那么不可思议。

茫茫云海，云雾缭绕，绕着珠峰，围着天际，犹如仙女下凡，把美丽的天际打扮得如天上人间。

茫茫云海，美丽的彩云铺道，筑起无数条神奇的天路，这些天路入云海，通云端，是奇特的云海。

茫茫云海，你千万年不变，不停地飘逸，在飘动中，守候着蓝天，保护着地球，护卫着自然，爱护着人类。

茫茫云海，你，奇峰耸立，云涛汹涌，白云起伏，连绵不断，犹如白色的海洋，如一幅无比壮美的图景，无限风光在险峰，无限风光在云海。

茫茫云海，你，忠贞不渝，新美如画，永远忠诚地守候着这个神圣的位置，决不动摇，像移动着的白色万里长城，架设在天与地之间，是一座特别的桥梁，是白色的钢铁长城。

茫茫云海，你永远不变的白色，代表着你永远的纯洁；你多变的美丽组合，组成天上多彩的美丽图案，给我们永远的希望，永远的享受，永远的快乐。

雾霾，无情地侵袭你的领地；雾霾，玷污了你千年不变的纯洁；雾霾，阻挡住我们对你的视线；雾霾，隔断了我们对你的思念；雾霾，遮蔽了蓝天与白云；雾霾，破坏了自然与人类的一切美好。

我们一定要与雾霾作斗争，保护好你，美丽的云海。让你继续你伟大的使命，让你继续你永远不变的天使职责，让你继续在浩瀚的天际永远飘逸，把最美的爱带给天上，带给人间！

# 早晨，蓉城下起了雨

今天早晨，蓉城下起了雨，这雨淅淅沥沥，下个不停，其实这雨昨晚已经开始下了。在吃完妻子为我准备的丰盛的早餐后，我看时间还充裕，就选择徒步上班，一是想感受雨中漫步的感觉；二是要补一下今天因晚起而没有进行的早晨健康走步。

从家出发，穿越美丽如画的成华公园，沿着清澈的府南河，走过成都最高的地标 339 电视塔，与熙熙攘攘早晨忙碌的上班一族同伍，不久就来到双林路的办公大楼了。

早晨，在雨中穿过这些熟悉的地方，则有另一番感受。成华公园的空气是那么清新，绿色的大树是那么挺拔，自然环境是那么美丽，居住环境是那么优越，上班与生活是如此便捷，真的很难找到这样一个都能兼备的小区。

雨中的府南河，与往日相比，多了一分清澈，多了一分安静。路边的一切如同移动的风景，更像一幅画，如痴，如醉，如梦，如歌。

蓉城的雨，使我想起了江南的雨。江南的雨是千百年来美丽江南的象征，是滋润着江南的源泉；而蓉城的雨则滋养着天府的生命，是花重锦官的源泉。

蓉城的雨，使我想起了绵阳的雨，在绵阳的那些雨季，经历得太多，发生得太多，绵阳雨季孕育的那些种子如今在蓉城茁壮成长，成为参天大树。

"好雨知时节，当春乃发生"，5月初，春天还没有过，夏天还没有到，处在春夏之交，这雨下得是好时节，这雨下得正及时，这雨滋润天府大地，滋润蓉城万物；这雨洗去我们身上的尘埃，催人清醒，催人奋进。

# 光彩照人

天边的彩云，你千年不变，在天上俯看人间，展现着美丽，守候着安宁，保护着人类。

天边的彩云，你千百年来，默默注视着地球，关注着人类。天际间风云变幻，人类为争夺资源与权力进行无尽的战争，相互间的残杀，刀光剑影，始终笼罩着彩云下的大地。即使是那些黑暗的年代，彩云依然与蓝天做伴，在美丽的天空，给黑暗的年代以光明，给正义的力量以鼓舞。

天边的彩云，在你永远纯洁的感召下，在你永远美丽的吸引下，在你永远善良的关爱下，人类正在科学发展，战争在减少，和平成主流，珍惜资源，保护环境，成为人类的共识与一致行动。

天边的彩云，在你的见证下，城市建设日新月异，一栋栋高层建筑，一项项建设成果，把大地装扮得分外美丽。如果没有美丽的彩云，没有蓝天的照耀，没有彩云与蓝天的完美组合，大地将失去光芒，人类生活将失去意义。

我们爱你，天边的彩云！你博大的胸怀，容纳我们的无知，接受我们的愚昧，不断照耀我们前行的方向。

我们爱你，天边的彩云，你是我们生命的快乐！我们只有在蓝天下，在彩云间，才会有真正的快乐，没有了蓝天与彩云，生命没有快乐。

我们爱你，天边的彩云，你是美丽的源泉！一切美丽，只有在蓝天与彩云下，才有光芒。蓝天与彩云，是人类美丽的大幕，是一切美丽的源泉。

我们爱你，天边的彩云，你是纯洁的典范！你永远的纯洁，历经亿万年风雨洗礼，依然纯洁无瑕，一尘不染，高贵飘逸。你告诉我们，一个人应当如何在这风尘世界里，不入污泥，不染黑缸，保持自己这份纯洁。

我们爱你，天边的彩云，你是忠诚的典范！你亿万年忠诚如一，守候在这神圣的岗位，给天际带来神秘，给人类带来美丽。

天边的彩云，我们爱你，你是勤劳的榜样！你不停飘逸，飘向无垠的宇宙，飘向崇山峻岭，飘向美丽的大地，飘向无尽的世界。你一刻也不停留，不倦奔波在空中，在天际，在永远的路上。

我们在蓝天与彩云下宣誓，我们将保护人类的和平，将维护大地的安宁，将用生命保护你，让你和蓝天永远美丽，永远光照人类，光照大地，光照天际，光照宇宙！

# 多彩的枫叶

在北京，寒冷中出席一个老朋友孩子的婚礼，我与这个朋友有三十多年的友谊，同时也看着他儿子长大，因此虽然忙，必须来。

婚礼在户外进行，虽然已经很冷，但事先安排好的，无法更改了。户外也有户外的好处，选择的地方很漂亮，是一片多彩的绿色草地，美丽的新娘，帅气的新郎，热烈的气氛，给深秋的北京带来节日的快乐，这是另外一幅景。

黄色的枫叶正在变红，金黄色的杏叶正在渐渐下落，在绵绵细雨中，感受这北方特有的美景，这景告诉我们，季节在交替中，秋天将过去，冬天将来临。我们要欣赏交替中的美景，把握交替中的机会，实现交替中的转换。

交替就是景色，交替就是机会，交替就是转折，交替带来变化，交替催动新生命的诞生，这一切都存在于变化中。

规划整齐的绿地高低起伏，多彩的树叶在寒风中随风摇摆，飘落在地，这种感受在南方很少有。

独立寒秋，微风轻吹，枫叶红了，杏叶落了，阳光出来了，暖冬要来了，一切要变化了。

今天下午，两岸领导人将在新加坡见面，这变化创造新的历史，这变化给两岸的发展带来巨大机会，这变化充分体现不拘一格的弹性务实的伟大贡献，充分体现创新的推动作用，实现了历史性的共赢。

一切都在变化中，一切都在创新中。

# 不变的底线

放眼望去，蓝天白云，是一幅永恒的画面。这画面，先于人类，始于地球；这画面，千年不变，万年永存。

高瞻远瞩，蓝天白云与我们相望。这相望，永远守候，忠诚不变；这相望，短暂一生，时刻不离。

蓝天白云，你新美如画，每天都是新的。在辽阔的天际，舞动着美丽的倩影，不断变换组合图案，把新的精彩留给我们，把新的喜悦带给我们，使我们的生活充满阳光。

蓝天白云，你随风飘逸，时而远去，时而近处，忽远忽近，总是忠诚地护卫着我们，护卫着自然，在我们身边，一刻也不分离。

坚守着忠诚，白云时刻在自己的岗位上履行神圣的职责，捍卫着纯洁，保护着美丽。

无论在滔滔云海，还是在万里碧空；无论在乌云密布的日子，还是在暴风骤雨的岁月，蓝天白云，你总是挺身而出，勇敢地捍卫着自然本色，捍卫天然的美丽。

蓝天白云，你坚守着底线，永远不随波逐流，无论风云如何变幻，无论历经多少沧桑，永远不变的是你的美丽，永远不变的是你的忠诚，永远不变的是你的岗位，永远坚守着的是你的底线。

神圣的底线，是原则的标准，是高贵的象征，是美丽的本色。

蓝天白云，你坚守着美丽，无论出现在哪里，你总是那样美丽如画，光彩照人；你飘向哪里，哪里就会欢乐一片，你的风采，你的神秘，永远是我们的追求。

底线，是不能突破的防线；底线，是不能碰的红线；底线，是区别于其他事物的界线；底线，是纯洁的本色，是力量的源泉。

底线是不能逾越的，逾越了底线，就改变了本色，改变了本质，改变了心中的期待，改变了一生的梦想。

永远美丽，永远纯洁，永远独行，永远在路上，永远给人类带来爱，给自然带来美，这就是蓝天白云的底线。

# 风中有朵雨做的云

风中有朵雨做的云，一朵雨做的云……这首熟悉的优美旋律在我们耳边时常响起。

云，是由雨聚集形成的。云，是雨做成的，千真万确。

雨做的云，轻轻飘逸，随风飘荡，随处停留，点缀万里蓝天，装扮阳光人间。

雨做的云，洁白无瑕，千年不染，万年不变，永葆纯洁本色。

雨做的云，忠贞不渝，无论光明，还是黑暗；无论过去，还是现在；无论白天，还是黑夜，始终坚守在自己的岗位，履行永远不变的诺言。

雨做的云，新美如画，每天都是一个新景象，每时都是一个新组合，每刻都是一个新画面，带给我们的是永远的美。

雨做的云，虽然轻，但最真诚；雨做的云，虽然飘逸，但最本分。

风中有朵雨做的云，云随风动，心随云移。云，带走了忧愁，带走了不快，带走了欢乐，带走了一切。

风中有朵雨做的云，风推云动，情随云走。云，带走了美丽，带走了风采，带走了思念，带走了梦想的空间。

雨做的云，是心中的云，是爱的云，是思的云，是梦里的云，是放飞的云。

雨做的云，是身边的云，是前方的云，是蓝天的云，是洁白的云。

雨做的云，虽然轻，但责任重大，万里蓝天的美丽，要靠这片片云彩点缀；锦绣河山的壮美，要靠这朵朵云彩装扮；美丽多彩的自然界，要靠这无边无际的云海环抱，组成这绚丽多彩的世界。

雨做的云，虽然飘，心最真，行最实，无论是在万米高空，或是在极目处，都有彩云守候，都有白云陪伴，都有云霞相依。

雨做的云，源于雨，精于雨；云从雨中来，云是雨的精；云从雨中来，云是雨的魂；云从雨中来，云是雨的意；云从雨中来，云是雨的境。

雨做的云，在雨中，在空中，在生命时分，在遥远的远方，在梦幻的地方。

雨做的云，随风飘，顺风飘，飘向浩瀚的天空，飘向万里白色云海。

雨做的云，飞过山，飘过海，越过崇山峻岭，飘向四面八方，飘向每一个角落，飘向人们的心窝。

在风中，在雨中，在空中，在大自然中，永远有无数朵雨做的云，这无数朵云永远与我们的生命同在，与我们时刻相伴，与日月同辉。

# 云雾连接

　　云与雾，不能分离；云与雾，不会分离；云与雾，血脉相连；云与雾，天生一对；云与雾，是最亲密的兄弟；云与雾，永远是一家。

　　云接雾，贯成空气长龙，构成美丽奇观。云彩在天空中飘逸，看得见，摸不着；而雾则连着大地，围绕在我们身边，和我们相伴，传递着云彩的关爱。

　　雾连云，雾是云彩神圣的护卫天使，保护美丽的云彩。人类一切不文明活动，产生雾霾，给自然界带来破坏，给人类带来灾难。雾霾，也玷污了雾。雾，勇敢地护卫着洁白的云彩，隔离着致命的污染，使天边的云彩永远保持那份洁白，那份美丽，千百年、亿万年不变。

　　云雾相接，云雾相连，云雾相通，云雾相护，云雾不分，云雾共同描绘着永不谢幕的美景，云雾带给人类永远的快乐，云雾带给人类永远的梦想，云雾带给自然永远的神秘。

　　云雾倾诉，造就神话。云告诉雾，云将轻轻地飘走，继续飘逸，飘向蓝色的天空，飘向阳光下，飘向茫茫云海，飘向广袤的宇宙，飘向无际的世界，飘向梦中的天堂，去执行永远不变的神圣使命；雾告诉云，永远守护着这神圣防线，挡住污染，驱散乌云，永葆晴朗天空，永远等候云彩的归来，在分手的桥头，在分别的空中。

云雾相融，在无尽的天边。云，忽快忽慢，雾，忽隐忽现，两者貌合神似，犹如一体，把天地装扮得如此神奇，把七彩天空描绘得如此灿烂。没有云彩，天空不会如此灿烂，我们找不到方向；没有雾，云彩的洁白美丽就会消失。雾，是云彩的保护神，是我们身边的云彩。

云雾相爱，在万米空中；云雾相思，在分手的时刻；云雾相见，在梦醒时分；云雾缭绕，在神奇世界。

# 黄岛一夜

　　青岛，是一个美丽的海滨城市，天空湛蓝，到了晚上仍然像白昼，一切清晰可见，特别像在美国的夜晚，空气非常好，在晚上的能见度很高，感觉非常舒适。

　　青岛的美，自然是因为靠着大海，美丽的海滩，度假的圣地，是游客们的向往，而海上的风会把城市的一切尘埃吹掉，青岛变得干干净净。

　　青岛的美，除了大海，还有那些美丽色彩的建筑，多彩的世界，蔚蓝的天空，使城市变得美丽，使城市更加活泼。

　　青岛的美，还在于历史、传统与现代的融合。这里保留着许多德国人统治期间修建的德国古堡式建筑，多样性的历史与文化在青岛保存得很好，留存着浓浓的欧洲风情，使青岛成为一个具有国际化风格的城市，吸引着国内外的游客涌来。而青岛现代化建筑群，巍然屹立在蓝色的海岸，则成为又一道景观。

　　青岛的美，在于这块风水宝地。齐鲁千年文化的滋养，一代圣人孔子的故里，富饶美丽的胶东半岛，大海的儿女，山地的居民，千里沃土，使青岛有独特优势，这里山美，海美，水美，地美，人更美，俊男靓女，人杰地灵。

青岛的美，还在于有一大批与时俱进的国际性大企业，如海尔、海信、澳柯玛等，这些企业随改革而发展起来，与改革与时俱进，始终领航着行业，成为千亿级国际性大企业，竞争国际，傲视群雄，一直是青岛的亮丽名片，国人的骄傲。而国内不少大企业，在改革开放初期很有名，很快就落伍了，有些早已被人遗忘了，唯独海尔、海信、澳柯玛、青岛啤酒等企业，历经磨炼，愈发闪光。其中的原因除了企业的灵魂人物外，还有青岛良好的政治环境以及对大企业体制多元化的包容性。

一个城市的知名度，是由城市历史、文化、环境、景观、规划、建筑、经济、科技、体育、企业、居民、国际化、城市管理等诸多要素组成，努力把每一个要素做好、保护好、发展好、利用好，就提高了城市的知名度。

昨晚住在黄岛，夜色中入住黄岛，晨曦中离开，感受的是头枕着波涛面朝着大海的气势，还有风光无限、发展快速的黄岛新区的活力。

上合组织领导人峰会将于6月初在青岛召开，这又是美丽青岛的一个难得的发展机会。到那时，全世界的目光都会注视青岛，青岛正在快速上马的一大批项目将进一步改变青岛的市容市貌，提升青岛的科技与经济竞争力，改善民生，改善环境，美丽青岛会因此更美丽，更有名。

祝贺你，美丽的青岛。在未来的日子里，我们将与你同行，将与你同在，不再分离。

# 一棵枫树

　　昨天下午从毕棚沟出来，根据朋友们的推荐，我们来到了位于理县下孟乡萨门村的孟屯古堡酒店，之所以到这儿来，是为了一棵枫树。前些日子，同行的朋友中有人来过，在这棵枫树下照了相，非常漂亮，引得大家争相传看，因此大家在返程回成都路上顺道来了。

　　与毕棚沟一样，萨门村也在理县境内，从毕棚沟出发，30多公里车程，只用一小时多一点，我们就到了孟屯古堡酒店。这里周围都是大山，地处偏僻，刚到时我们都感到很不便，同行中包括我在内的不少人不解，为什么要来这个偏僻的山沟。但主人的盛情，很快就转移了我们的注意力，我们很快就进入了了解萨门村的旅程。

　　在主人的带领下，我们放下行李就开始参观古堡酒店旁的弥勒寺。这个弥勒寺有1000多年的历史，几经兴衰，现重修后规模不断扩大，里面的内容还不少，主人一再强调按程序参观，我们就按照他带领的程序走完参观流程。

参观弥勒寺后，热情的主人又陪我们上山，拜访了本地一位喇嘛，他从拉萨来，在这里已居住了几十年，是本地最著名的喇嘛。现在党的宗教政策开明，喇嘛的生活也得到充分保障，衣食无忧，生活安康，从接触中了解他们的生活，充分感受到党和各级政府对他们的关怀，带着他美好的祝福，我们离开他的驻地。

　　理县是红军长征经过的地方，在萨门村可以看到很多当年红军留下的石刻标语，红四军当年的足迹在这里到处可见，使我们不禁沉浸在对红军二万五千里长征的回忆之中。遥想当年，长征的条件是多么艰苦，今天的胜利多么来之不易，我们该如何珍惜当下。

　　最期待的还是那一棵枫树，树在半山腰，我们爬上去，看看曾拍出很多精彩照片的枫树究竟有多美。一到那里，大失所望，这一棵枫树，不大，在半山腰，样子也很一般，根本无法与北京香山满山遍野的枫叶相比。远道来这儿，为了这一棵枫树，是否值得，我的心中一直在打鼓。

　　但接下来的事，改变了我们的想法。在摄影师的艺术拍摄下，我们每个人都在这儿拍了照，效果出奇好，多角度展示，多个组合，留下了愉快的记忆。这些照片的实际效果，并不亚于在北京香山所拍下的那些照片，这或许与摄影水平也有关系，或许与枫树独特的山地位置有关，或许是因为只一棵枫树而目标更为集中，或许因为只有一棵树大家更珍惜而已等，总之效果很好，大家都很满意，都说不虚此行。

　　一棵枫树，越野追赶，一路风尘，几百里寻找，在半山处，在风景处，在我们的相逢处。

　　一棵枫树，把秋的美景留下，把万千美丽展现，把青春风采尽洒，把美丽记忆留下。

一棵枫树，一处独放，片片金色，烂漫开放，尽情舒展，欲与香山枫叶试比高。

一棵枫树，在长征路上，在红军的漫漫征途中，在历史的长河中，在我们永恒的记忆中，这是对红军的思念，枫叶红色，枫叶格外美。

"山不在高，有仙则名；水不在深，有龙则灵"，这是唐代著名文学家、诗人刘禹锡说的。

景不在多，有用则够；美不在表，心往则美。这是我对一棵枫树的另一种理解。

晚上，在篝火旁，在欢快的藏族歌舞步中，心中惦念的还是那棵枫树；今晨，在回程途中，心中惦念温馨的孟屯古堡，放不下那棵美丽而孤单的枫树。

# 高山雪松

一早就离开毕棚沟口的娜姆湖酒店，向毕棚沟进发，进山后又乘电瓶车向沟里去。

早晨，在四处都敞开的电瓶车上，凛冽的风让人深切感受到冬的寒冷，但冬季中别样的景色，又让人难舍。

事情总是这样，要有收获，必须要有付出，不惧严寒，才能欣赏到冬季的壮美景观。

冬季里，毕棚沟的美是另一种感受，除了磐羊湖的宁静美丽外，给人印象最深的还是那些在高山上的雪松。

高山雪松，在寒冬中屹立，参天大树，你在高山之巅，与皑皑白雪相伴，银色白雪是你的盛装，阳光照耀下，你是如此妖娆。

高山雪松，在寒风中挺拔，任它风吹雨打，千年不倒，你穿越历史时空，经受住了时间的考验，你是如此坚强。

高山雪松，你不落俗套，独立独行，昂首挺立，远离喧闹，拒绝与平庸为伍，永远保持自己的高贵，保持自己的忠诚品格，为人类守护，为大山壮威，你是如此忠诚。

中午下山时，阳光穿破层层重雾照耀毕棚沟，高山的雪松在阳光下更加挺拔，但阳光下的雪松，已经没有了雾中雪松的那种感觉了。

我更喜爱雾中的雪松，她是那样地神秘，那样地深不可测，那样地令人向往，那样地可爱了。

世界，就是这样，距离产生美，朦胧产生爱。此时的心，此刻的景，别时、别刻永远无法替代。

# 磐羊湖美

毕棚沟的景色很美，而月亮湾的磐羊湖是其中的一个代表。

磐羊湖在海拔 3676 米处，水面积 500 亩，由高山融雪与雨水常年冲积而形成，因磐羊常出没于此而被称为磐羊湖。

磐羊湖是高山湖泊，水清澈见底，四周是千年的原始森林，风景独特，即使在冬季，仍然吸引着络绎不绝的游人。

磐羊湖的美，是一种宁静。这里远离喧闹的世界，被群山围绕，进出都只有单一的通道，外界的影响无法抵达这里，这里属于另一世界，显得非常宁静。

磐羊湖的美，是一种纯洁。高山的雪，纯洁无瑕，自然天成。高山的流水，清澈透底，潺潺而过。

磐羊湖的美，是一种多彩。四周是高山，是密密的森林，一年四季变幻着多彩的颜色，春夏秋冬，盛装相伴，把磐羊湖装扮得分外美丽。

山水相间，才能美丽；山水相伴，才能出彩。美丽的磐羊湖，你是毕棚沟的美景，你是毕棚沟的精华，毕棚沟因你而更美，你因毕棚沟而更秀。

让我们经常来到你的身旁，时常亲近你，纯洁一下自己的灵魂，纯洁一下我们的身心，洗洗澡，洗掉污水，洗掉浊念，洗出个风清气正的新格局。

再见了，磐羊湖，让我们再看看你美丽的倩影，再喝一口你甜甜的水，我们一定会再来看你，你是上帝的杰作，毕棚沟的灵魂。

# 山间晨雾

　　来到毕棚沟，还没有进沟，就被这沟口云雾的景色吸引，而初冬中着的绿装与红巾，增添了多样的色彩，使初冬的雾景一下子多彩起来，漂亮起来。

　　经过 6 个小时的长途跋涉，昨天深夜抵达毕棚沟。舒适的温泉驱散了旅途的疲惫，而浓浓的情意在初冬中感受温暖，3000 多米的高原反应也在经过一晚的休息后彻底消失。

　　安静的夜晚，仿佛进入另外一个世界，对习惯于喧闹世界的人来说，还真有点不习惯。

　　冬的景色，是别样的风景；冬的景色，是壮美的情怀。在冬的日子里，感受到另一种风情，另一种心情。

# 风雨无阻

　　昨晚，在雨中抵达南昌，今天一天又是下雨，在经历了一天的会后，明天就要离开南昌了，看来也会在雨中告别南昌，但雨天丝毫没有影响我们的心情，我们在雨中取得收获，在雨中获得喜悦。

　　今天的会，是今年新成立的东北区的第一次工作会议，会开得非常好。东北区由大连分院、河北分院、江西分院所组成，这个跨地区的分院几乎谁也不看好，连我这个决策者也心存疑虑。但通过今天的会，大家如此肯定，如此有信心，完全出乎我与大家的意料，陡然增加了我的信心，相信王利同志定能带领东北区奋力前行。

　　抱团取暖。寒冷考验着人们，抱团取暖能抵御寒冷。在讨论中，大家对东北区的成立非常肯定。在十一科技的大区中，目前东北区最弱，进步最慢，与总院及其他大区的差距越来越大，如果再不整合，各自分开做，差距会更大；而如果实现大连分院所具有的技术和人才优势与河北、江西分院所具有的地区市场优势互补，加强协同，东北区统一形成一个拳头，开拓市场，则会有很强的竞争力，前景可期。抱团取暖，是生存所需，人心所向；抱团取暖，使弱小变成强大。

雪中送炭。对弱小地区，如同中央精准扶贫一样，在一开始要给予各方面的支持，要给各方面机会，要推动其实现转型，建立起适应新市场的能力，提高竞争力，通过2—3年的努力，就可以独立面对市场了。雪中送炭，是发展所需，强大所为；雪中送炭，冰雪消融。

风雨无阻。在风雨中，我们继续前行，无论遇到什么，一点都不动摇，一点都不犹豫，一点都不后悔。在风雨中，我们更加有信心，更加地团结，更加地一致，更加地友爱，更加有竞争力，更加充满希望。

风雨彩虹。风雨之后，是更美的彩虹，是更晴朗的天气，是更加明媚的阳光，是梦飞的天空，是朝霞满天。

# 水雾缭绕

　　水雾缭绕，是仙境。水雾模糊了景物，只剩下山峰、天空，看不清水面，如同一幅画，是水雾，似仙境。

　　水雾缭绕，是雾境。雾，模糊了我们的视线，模糊了景物的差距，模糊了事物的区别，一切变得更好。雾，给了人们更多的想象空间。

　　水雾缭绕，是美境。楼台庭园，空中楼阁，山峰叠起，云绕绿翠，雾在其间，是一幅天然的美景，是一幅美丽的山水图画。

　　水雾缭绕，是静境。清晨时分，梦想空间，万物静候，如此安宁，在如此喧闹的世界中，是宝贵的世外桃源，是安宁的静境。静境中，思如飞，情似潮，奔腾不息。

　　水雾缭绕，是爱境。水雾腾升，绕着山峰，绕着景物，绕着一切，组成天下最美的景。雾，使事物更加美好；雾，把爱带给人间。

　　太阳慢慢地升起来了，阳光将驱散迷雾，照亮大地，世界将恢复一切，但水雾缭绕的奇特景色，依然在我的记忆中，在我心中永驻。这仙境，这美景，告诉我们，心中的美好永在，自然的美丽永存！

# 风吹彩云舞

风，轻轻地吹，吹动着彩云。在风的吹动下，彩云翩翩起舞，开始舞动，开始飘荡，飘向四方。

风，轻轻地吹，给彩云动力，为彩云插上翅膀以腾飞翱翔，在人间天堂。

风，轻轻地吹，拂动着彩云，为彩云远航送行。

风，轻轻地吹，把彩云吹向山间，吹向草原，吹向海洋，吹向大地，吹向万里蓝天。

风，轻轻地吹，彩云闻风起舞，舞动着迷人的身姿，跳动出变化的旋律。

风，猛烈地吹，吹散了乌云，吹散了雾霾，吹走了尘埃，彩云重见天日。

风，猛烈地吹，劲风吹得彩云舞，吹得彩云飞，吹出新天地，吹出新世界。

风与彩云，是亲密的伴侣，是友好的搭档，是永远的朋友。

云随风动，风吹云动，风云组合，在空中漫天飞舞，舞出灿烂世界，舞出锦绣天地。

云随风飘，风送云飘，飘逸在无际的宇宙，飘荡在蔚蓝的天空。

风云突变，风云多变，世界因此更加精彩，天空因此更加美丽，人类因此更加美好！

# 永远的思念

在历史的长河里，人的一生是如此短暂，最多百年，一生短暂，一生短促，人生百年，宇宙瞬间，百年的时光，和以亿万年为单位的宇宙与彩云相比，只是匆匆过客。

我们感恩你，美丽的彩云，你以不变的忠诚，美丽的倩影，光照我们，陪伴我们短暂的一生。

我们感谢你，美丽的彩云，一生中，有了你，有了太阳，有了蓝天，有了大自然，我们才如此幸福，如此快乐。

我们永远记住你，美丽的彩云，从童年到少年，从青年到中年，从中年到老年，彩云始终陪伴着我们，给我们快乐，给我们幸福，给我们希望。

我们不会忘却你，美丽的彩云，走过万水千山，经历风风雨雨，越过崎岖山路，穿越时空隧道，在我们身边的始终是彩云。

美丽的彩云，在你亿万年的漫长生涯中，我们只是匆匆过客，我们能够想象你如此伟大，如此崇高，光彩照人，永远带给人类最美好的祝福。

我们崇拜你，纯洁的彩云，只有你是最纯洁的，最自然的，最本色的，一切所谓的美丽，都难敌你本色的美；一切忠诚都需要时间检验，而你亿万年不变，是经历过的最大考验，一切都无法与你相比。与彩云相比，一切都是渺小的。

我们想念你，在那些乌云笼罩的日子里；我们想念你，在那些雾霭重重的日子里。

黑夜，不会漫长，总是要过去的，阳光一定会普照人间，彩云一定会重见天日。

黑夜，在黎明前，冲破黎明前的黑暗，光明就在前面，彩云就在前面。

黑夜，在暴风雨来临前，风雨之后，一定是更美的彩虹，一定是彩云满天。

彩云，无论我们行进在狂风乱作的沙漠，或跋涉在充满险路的崇山峻岭，或急驶在万里海疆，或策马奔驰在辽阔的草原，或行进在美丽的田野，或驾车穿梭于城乡之间，我们看到的，都是你，美丽的彩云，你是永远鼓舞我们的永恒力量。

彩云，你远在天边，近在眼前；彩云，你飘在空中，爱在我们心中；彩云，你无时不在，无时没有。

常看你，成为我们的幸福；常想你，成为梦中的向往；常思你，成为生活的内容；常爱你，成为一生永远的追求！

# 朝霞满天

早晨，初升的太阳，光芒万丈，朝霞满天，预示着充满希望的一天开始。

美丽的朝霞，映红了天际，映红了平静的湖泊，映红了鸟儿齐鸣的山谷，映红了在经历喧闹后平静一夜的城市，映红了乡间的小路与熟睡的村庄。

早晨，赶路的人早早起床，踏上繁忙而快乐的旅程。工作着，是快乐的，这是对生命的礼赞，这是对生活的诠释，这是对工作的责任，这是对事业的追求。

人在路上，心在梦里。朝霞给了希望，朝霞给了信心，朝霞映红了脸面，朝霞穿透了心窝，希望就在前头，前面是希望的路。

早一点好。早一点，能看到朝霞，美丽的朝霞陪伴着你，给你一天的希望，给你一天的快乐，给你一天的信心。

早一点好。一年之计在于春，一天之计在于晨。早一点，机会就多一些；早一点，思路就开一点；早一点，跑得就快一点，一步差，步步差；一步错过，步步错过。

早一点好。晨练空气好，心情舒展爽，身体健康妙，意志格外坚，为一天的开始打下好基础。

早一点好。美好的一天，要有好的开始。美丽的朝霞，给我们指明了方向，带来了鼓舞，树立了信心。

朝霞满天的时候，是我们在路上的时候；朝霞映红的时候，是我们欢乐的难忘时光；朝霞映红的时候，是我们开始一天平凡而有意义生活的时候。

每一天的朝霞，都是一个新开始；每一个开始，都是新的希望；每一个新的希望，带来新的力量；每一份新的力量，创造新的奇迹；每一个新的奇迹，都会使生命更加绚丽，使生命充满光辉！

# 穿越迷雾

迷雾，模糊了视线；迷雾，挡住了方向；迷雾，会使人不知去向。

迷雾，发生在行进中；迷雾，出现在转弯处；迷雾，存在于非议中。

现实，总是复杂的，它与理想有距离，它与梦想有差别。

再好的战略指引，执行的无能，也会陷入迷雾；再不确定的路线，执行者充足的智慧，也会使未来清晰。

迷雾，不能听之任之，迷雾加重必成害，迷雾笼罩必成灾，迷雾深重必成妖。

认清迷雾，要有敏锐的洞察力，深邃的目光，丰富的历练。

不惧迷雾，要有信念，这信念是理想，是梦想，更是忠诚。

穿越迷雾，要有智慧，智慧洞察一切，能穿过层层迷雾，看清远方。

穿越迷雾，更需要勇气，无私者无畏，无私者得道，得道者，得大势。

穿越迷雾，源于信任，信任就是担当，信任就是力量，信任者无敌也。

拨开迷雾，云散雾开，阳光普照。拨开者，要站得高，有广阔的视野。高，才能看得更远；高，才能看得更清。

驱散迷雾，要敢于逆潮流而动，迎潮流而行，注入驱迷雾的动力，添加驱迷雾的因子，振奋驱迷雾的精神，鼓足驱迷雾的勇气，破迷雾见阳光。

迷雾，是自然现象，是一道景观，也是人生路上一道独特的风景线。

道路，因迷雾而复杂，复杂的道路可以锻炼识别能力。

人生，因迷雾而更加曲折，更多历练，更加丰富，更加成熟，更加精彩，更加美丽。

人生，只有在经历迷雾的考验后，才能真正体会哪些是真朋友，哪些是假朋友；哪些是最珍贵的，哪些是虚伪的；哪些是值得留恋的，哪些是应当放弃的；哪些是正确的，哪些是错误的；哪些是光明的，哪些是黑暗的。

迷雾，使我们看不清前方的风景。前面是悬崖，还是坦途？是绝路，还是阳光大道？是梦想之路，还是死亡之路？这一切，都需要思考，思索，思量。

穿越迷雾，就是穿越障碍，就是穿越死亡线，就是走向光明，走向希望，走向新天地，走向新未来。

让阳光穿透迷雾，让智慧穿越迷雾，用胆量破除迷雾，用勇气拨开迷雾，让鲜红的太阳穿过迷雾，普照大地。

勇敢的战士，必将冲破迷雾的包围，走出一片新的天地；智慧的舵手，必将引领航船，向着光明前进！

# 乌云密布的日子

乌云，是黑色的云，是暴风雨来临的前兆。

黑云压城城欲摧，厚厚的云层挡住了阳光，看不见彩云。乌云密布，带来了暴风雨，预示着灾难可能来临。

有了乌云，就没有了彩云，就没有了生活的美好，没有了天空的美丽，没有了自然的美景。

有了乌云，就挡住了阳光，挡住了光明，挡住了希望，就没有了方向。

乌云密布，是大自然的现象，也是对大自然的考验。经历了暴风雨，经历了大自然的洗礼，天，会更蓝；空气，会更清爽；阳光，会更灿烂；大地，会更干净；自然，会更美丽。

乌云密布，不仅带来风雨，也带来风雨之后的阳光，风雨之后的阳光更美丽。

在我们生活的道路上，不仅有阳光洒满的日子，同样会有乌云密布的岁月，这同样是考验，是机会，是转折。

乌云密布的日子是黑暗的日子，看不见阳光，看不见彩云，看不见光明，一片黑暗，一片恐惧，一片哀伤，一片灰心。

乌云密布的日子是痛苦的日子，因为黑暗，方向就会被模糊，在模糊的方向下，意志不坚定者就会动摇，就会变向，朋友会反目，战友会离开，同伴会变脸，对手因此会更凶猛。

乌云密布的日子是考验的日子。内外的压力，巨大而沉重；风险的来临，突然而复杂。是放弃，还是坚持；是勇敢，还是退却。不同选择，两种命运。

乌云密布的日子是渴望温暖的日子。那些日子，你会感到孤立无助，此时，只有最可靠的人，仍然坚定；此时，只有真正的战友，依然忠诚；此时，只有永远的伙伴，依然携手。爱，在这个时刻有神奇的力量。

风起的日子，笑看落花；雪舞的季节，举杯赏月，这是勇敢的战士豪情。

作为无畏的战士，勇于接受暴风雨的挑战，渴望暴风雨的洗礼，挺过乌云密布的艰难日子。

挺过去了，前面就是一片天；挺过去了，前面就是开阔的地；挺过去了，阳光就在前面；挺过去了，就不会在黎明前倒下；挺过去了，就会冲破黎明前的黑暗；挺过去了，就会迎来阳光灿烂的日子。

保持这份定力，保持这份信念，保持这份风骨，保持这份承受力，保持这份执着，保持这份坚定，保持这份坚持，保持这份沉着，保持这份淡定，保持这份从容，保持这份努力，保持这份勇敢，保持这份无畏，保持这份独立，保持这份智慧，保持这份梦想。

保持这份心中的思念，保持这份永远的真情，保持这份刻骨的真爱，彩云就在乌云上面等着，阳光就在前面。

乌云，只能遮住阳光一时，而不能永远；乌云，只能遮挡彩云一时，无法永远挡住彩云的美丽。

不要停留在过去，也不必去埋怨。来，是挡不住的；走，也是必然的。命的安排，运的旨意。

再见吧，过去那些光荣的日子！过去的，已经过去，未来充满新的希望。

再见吧，过去那些峥嵘岁月！历史已经写下丰碑，不要永远陶醉于那些辉煌，不要沉湎于那些荣誉，新的挑战更加艰巨，还要继续奋斗不松懈。

再见吧，乌云密布的日子，暴风雨已经过去，阳光已经穿透云层，穿越迷雾，照亮前面的航程。

新的航程，还会再遇乌云密布，还会充满荆棘，还会有更难的考验，但心中有梦，阳光照耀，彩云做伴，一定能冲破这乌云的阻挡，冲散层层雾霾，换来阳光的日子。

新的未来，还会有更险的险峰在等待，但无限的风光总是在最险处，不达光辉的顶点，看不到最美的景。

新的航程，依然灿烂；新的航程，依然光荣；新的航程，充满期待；新的航程，必定霞光满天。

阳光总在风雨后，风雨之后是更明媚的阳光。

# 闪烁的星星

小时候，晴朗的天气多，最大的愿望，就是白天看太阳，晚上看月亮，看星星。

闪烁的星星，在月亮的衬托下，把夜晚的天空装扮得格外壮观；闪烁的星星，一闪一隐，一亮一暗，似乎在与我们说话，似乎在告诉我们什么。闪烁的星星，成为我们的知音。

天上的星星，不停地闪耀，宇宙间的神秘成为我小时候的问号，星星是什么？为什么时隐时现？最亮的那一颗在哪里？为什么总是这样难找？宇宙的奥秘，成为儿时看星星的最大原因。

少年时，离家到千里之外的边疆，夜深人静时，想念远方的亲人，真有明月千里寄相思的感觉，仰望着月亮，仰望着星星，想和星星说话，想请星星带信，捎给远方的亲人。

那时，更多的是在寻找一颗独特的星，这个独特的星占据着儿子的心，这颗星就是爸爸和妈妈，就是家中的亲人。

以后，南北转战，辗转各地，星星始终相伴，照耀着我前进的道路，指明胜利的方向。烦恼时，看着星星，一切烦恼顿时消失；

胜利时，星星为我们伴唱，星星是我征途上永远的朋友。

不知什么时候，看不见星星了，看不见月亮了，就是偶尔看见月亮，也看不见星星了，看星星变得像过盛大节日那样稀少，那样珍贵，那样难得。对星星的那份思念，那份情感，与日俱增。

到了云南，到了西双版纳，到了丽江，重见皎洁的月亮，重见无数闪烁的星星，那种兴奋的心情别提了，恨不得晚上不睡觉，一直看月亮，看星星，和星星说说话，说说久别的知心话，说说相思的苦闷，说说重见的欢乐，说说未来再见的期盼。

星星是那样耀眼，是那样珍贵，是那样祥和，是那样亲切，是那样难忘，在我心中它们永远是最亮的。

星星，陪伴着我，跋山涉水，翻山越岭，走过千山万水。

星星，照耀着我，在崎岖中前行，在黑暗中探索。

星星，在欢乐时与我相伴，在困苦时与我同在。

星星，永远不离不弃，永远在我心中。

假如，我们没有雾霾；假如，我们科学发展；假如，我们能控制发展；假如，我们保护自然，保护环境，视同保护我们的生命；假如，没有战争，没有破坏，没有毁灭，那么，我们一定会重回星星闪烁的日子。

再见了，闪烁的星星，我一定还回西双版纳来看你，还是在今天这个地方，还是在我们梦中相约的地方。

再见了，闪烁的星星，我一定还去能看到你的地方，无论在天涯，还是在海角，只要能看到你，无论风，还是雨，都阻挡不住我。

我在梦中期待，星星闪烁，不会离我们太远；儿时的快乐，会再回到身边。

　　我们期待着，期待着大家的共识，期待着这美好的回忆成为永驻的现实。

# 天上彩虹

天上的彩虹，是雨后的特别景观。

彩虹飞架，把美丽的天空打扮得更加多姿，更加光彩。

彩虹飞架，连接起空中的桥梁，在云雾中搭起天桥，如梦如幻，是仙境。

彩虹飞架，穿越迷雾，穿过时空，搭起梦幻舞台，如醉如痴，如入梦境。

彩虹飞舞，那是经历风雨后的喜悦，那是战胜风浪后的欢笑。

彩虹飞舞，那是离别后的重逢，那是劫难后的相聚。

彩虹飞舞，那是坚强者的微笑，那是坚持者的胜利。

彩虹飞舞，那是胜利的鼓点，那是欢庆的高歌。

七色彩虹，尽情挥洒，尽情奔放，展现多情的舞姿，展示美丽的倩影。

七色彩虹，纵情演绎，诉说离别的相思，倾诉心中的爱恋。

七色彩虹，雨后景更美，雨后情更深，雨后心更纯，雨后思更浓。

我们不再分开，让美丽的彩虹永在。

我们不再离别，让雾霾的隔离成为过去。

飞舞吧，美丽的彩虹，你把美丽带给人间。

欢乐吧，快乐的彩虹，你把快乐带给人间。

飞舞吧，跳出生命的活力，跳出生命的意义，跳出生命的节奏。

天上彩虹，你连接着天上，你通达着人间，映红了天空，照亮了大地。

天上彩虹，你光芒四射，光彩留人间。

# 迷雾的考验

迷雾中，方向不明，诱惑四起，厚厚的迷雾挡住了人们的视野。

天气好，阳光照，迷雾会很快散开；雾霾重，挡住了光线，大雾会加重。大雾模糊了人的视线，遮住了事物的真实面貌，使人难辨真假，容易南辕北辙，误解真理，容易动摇人的立场。

大雾的日子，是考验人们的时候，要保持坚定的定力，不为迷雾左右，不受外界干扰，明辨方向，握紧手中的方向盘，坚定地走自己正确的路。

大雾的日子，是妖魔作怪的时候，恶魔会兴风作浪，利用规则的不公，道德的缺失，事实的不明，制度的缺陷，挑起事端，混淆黑白，颠倒是非，唯恐天下不乱。

大雾的日子，不要彷徨，不要犹豫，更不要后退，要按照原定的路线前进。

大雾的日子，要意志坚定，信心满满。虽然由于雾太大，雾霾积累太久，有些地方照不到光明，依然很黑，但太阳的光辉毕竟是挡不住的，太阳终究会驱散迷雾，照亮前程，我们对此要有信心。

大雾的日子，不要被外界左右，无论是毁还是誉，都不必在意，全身心注意脚下的路，把路走好，把自己的事办好。

走出迷雾，走进阳光，走上光明大道，走上自由的大道，走上自主发展的大道，走上幸福的大道，走上人间正道。

我们会怀念大雾的日子，因为那些日子不常有；我们会想念大雾的日子，因为那些日子使我们更加坚强，更加成熟，更加智慧；我们会时时记起大雾的日子，因为那些日子使我们在胜利时变得更加谨慎。

# 心中有个太阳

　　浩瀚的宇宙，有无数个星球，星光闪烁，构成了壮美无比、深不可测的宇宙世界。在已经存在的几千亿个星球里，目前为止还没有发现第二颗像地球一样适合人类居住的星球。是不是还会有第二颗或第三颗……也许有，也许在遥远的将来会有，但无论如何，离我们太远，既无法到达，也无法实现，一切都无法确定，唯一确定的是，我们的地球有很长很长的寿命，地球可以给人类的繁衍提供一切。

　　根据科学考证，150 亿年前宇宙的诞生奠定了地球产生的物质基础。地球作为一个行星起源于 46 亿年以前的原始太阳星云。原始星云在万有引力的作用下，又不断收缩和聚集，最后形成太阳和八大行星组成的太阳系。而地球就是离太阳较近的行星，诞生在约 46 亿年前，形成地球所需的时间约 1 千万年到 1 亿年。化石记载地球上最早在约 35 亿年前出现生命。而人类的文明史，即有文字记载的历史，在时间上最长不过七八千年，只占地球史的不到 46 万分之一。

宇宙、地球与人类的发展史说明，是地球发展了人类，为人类的起源与发展提供了条件，因此，人类该如何珍惜与保护地球这个目前宇宙唯一能生存人类的星球？

　　自从工业革命后，随着煤炭与石油勘探及开采技术的不断进步，全球煤炭与石油的消耗加快，而在现代，天然气与页岩气又成为另一个能源消费的重点。现代社会，汽车已成为时髦与文明的代名词，但如此众多的现代汽车的尾气排放，既大量消耗着宝贵的能源，同时也加剧了空气的污染。

　　不知从什么时候开始，蔚蓝的天空不见了，雾霾开始走进我们的生活，偶尔有一个蓝天，感觉无比兴奋。浓浓的雾霾像沉重的大山压得人们无法正常呼吸，同时，传统化石能源对水资源的污染更是触目惊心，对人体的危害更加严重，各种莫名其妙的疾病也产生了，而儿童更是首当其冲，成为受害者，有些儿童一出生就染上了不治之症。

　　传统化石能源是经过千万年甚至亿年之久，由埋在地层深处的动植物，长时间与空气隔绝，在高温高压下经过一系列物理和化学作用而形成的。化石类传统能源的特点一是储量有限，我们现在两三百年的能源消耗快要耗尽千万年甚至上亿年时间的漫长岁月积累的宝贵储藏，但这些储藏总是要耗尽的；二是消耗后排出的二氧化碳会引起温室效应，从而提高地球的表面温度，地球表面温度的提前，会使海平面上升，一些岛屿将从地球上消失。同时地球温度的提高，当超过人类生存的极限温度后，人类将因为无法在地球上生存而消失。地球温度的升高还会使自然灾害频发，人类生存受到严重威胁，这一趋势与倾向在最近一二十年的快速发展中越来越明显了。地球的陆地面积在逐渐减少，最终也会消失在浩瀚的宇宙中。人与地球、人与自然是不可分割的命运共同体，爱护自然、爱护地球，就是爱护人类。

人类的生存呼唤新能源，地球的生存呼唤新能源，人类的可持续发展呼唤新能源，以光伏发电为代表的新能源脱颖而出，以科学利用太阳能转换为新能源的光伏发电应运而生。太阳能是取之不尽的，天降大任于斯也，太阳照亮了人类，给人类提供了万物生长的源泉，太阳能再一次拯救人类，成为人类能源的救星。

我们爱人类，爱地球，爱自然，更爱光辉的太阳。心中的太阳永不落，心中的爱永远在，使用太阳能不仅可以获取永不枯竭的能源，还可以降低日益升高的地球温度，使人类永远处在最佳的生存环境中。

我们爱下一代，爱自己，爱我们生存的美丽家园，爱美丽的大自然，爱蔚蓝色的天空，爱清洁的河水，青山常在，绿水长流，是我们心中永远的期待，这一切都离不开光辉的太阳。

我们爱美丽的人生，爱未来的一代，希望给后代留下更多的能源、更好的环境、更文明的生存方式，但如果我们不爱太阳，不用太阳的光辉，那我们将失去一切。

我们爱太阳，就要用太阳的能量武装我们，用太阳的恩赐拯救人类，用太阳的光芒照亮前程，用太阳的光辉温暖人类，光伏发电的意义就在于此。

我们心中有很多的爱，那都是小爱，只有爱太阳、爱人类的救星，爱我们最可爱的地球，爱我们美丽的环境，才是真正的大爱，大爱无疆，心中的太阳永不落。

# 大　雾

　　今天，是无锡第七届新能源国际会展的开幕日，也是最重要的一天，因为晚上是"十一科技"之夜，将有重要活动开展。

　　早晨起来，遇到了特别大的雾，给无锡，给美丽的江南蒙上了一道神秘的色彩。

　　雾，使空气更湿润。已经很久没有遇到这么大的雾了，感到特别湿润，特别舒服。平时总是感到干燥，这个时候很舒适。在干的空气中加湿，就很好。这样看来，一切都要适中，一切都要调和，一切都要和谐才好。

　　雾，使一切变得朦胧。朦胧，也是一种美，看什么太清楚，并不都是好事，要有朦胧感，要有距离感，距离感是另外一种力量。

　　雾，产生了距离，距离产生美，距离产生吸引力，因为距离，看不清对方，不能深入地了解，因此会产生一种渴望，产生一种吸引力。

　　雾，保持了距离，距离产生了不确定性，产生了风险，有风险就有畏惧，必须保持高度警惕。

雾，使人不识真面貌，使人难见真相，会更加谨慎。太了解底细，就什么也不怕了，合作谈判就没有筹码了。任何时候要与各方均保持距离，保持自己的独立，保持自己的魅力，保持自己的威严，保持自己的尊严，保持自己的吸引力，保持自己的真正魅力，这就是真正的力量。

　　雾，带给我们的就是一种神秘感，神秘产生一种朦胧美，一种有吸引力的美，这种美给人新的动力，给人新的希望，给人新的感觉，给人新的力量，我们的生活与工作都需要朦胧美。

　　雾，需要在探索中前行；雾，使我们不能看得很远，不能走得太快，需要边走边看，边走边找方向。这非常像我们现在的转型与改革，需要摸着石头过河，顶层设计当然重要，但必须从脚下开始，从基层开始，因为雾，使我们不能看得太远，这时候要靠脚，不断探索。

　　雾，使景色更美。雾，把一切不好的东西都模糊了，把一切都美化了，把一切都神秘化了，雾的作用很大。

　　我们偶尔遇大雾，让我们珍惜吧！

# 深秋初雪

在结束无锡新能源国际会展的紧张活动后，于今晨乘早班飞机到达北京，迎接我的是漫天飞舞的雪花，这是深秋北京的第一场雪。

原想用这个空隙去北京香山，看看深秋的枫叶，再看看双清别墅，但由于雨雪交加，上山不便，只好作罢。

在西南生活，除了到西岭雪山外，已经很少遇到雪景了，遇到雪，对我来说是一种享受，一种待遇，一种恩赐。

深秋的雪，飘落在树上，积在树上，红色的枫叶因此更加多姿，白红相间更加美丽，是深秋的另外一种风景，枫叶也因雪花停止了飘落，延长了生命。

雪花飘落在山上，飘落在地上，感到阵阵寒意，从南方来，一下子不适应，因此想到内蒙古的日子，想到西安的岁月，想到访问美欧时冬天的情景，仿佛一下子又回到了过去，勾起了对过去的回忆。自从我的第一本诗集《窗外飘着雪》出版后，已经很久没有再碰雪的题目了。

北方的冬季，有很多令人向往的地方，暖气的充足，室内的温暖，特别的温馨。但已在南方久住，或许更喜爱南方的绿色，南方的风景，南方的美丽，南方的活力。曾经沧海难为水，已经是南方的情了，北方的爱只留在记忆里了。

没有去成香山，但在香山下朋友的会所看看、聚聚，体会一下风雪中北京室内的温暖，体会一下北京会所的高贵，品尝一下北京的美味菜肴，又是另外一番滋味。

新的东西，永远在前面；旧的过去，必须告别；在风雨中迎接未来，在雨雪中走向光明。

# 夕阳西下

夕阳西下，是最令人难忘的景，是最珍贵的记忆画卷。

夕阳西下，过程很美。晚霞照到哪里，哪里就披上一道金色的霞光，这霞光不同于朝霞，是逐渐淡下去，而不是像喷薄而出的朝霞，一冲而上，整个夕阳西下的过程很慢，令人很难忘。

夕阳西下，静得很美。人们忙碌一天，夕阳西下，正好下班回家，没有了上班的忙碌，没有了白天的喧闹，一切显得特别的静。宁静致远，宁静致美，宁静致胜，只有在宁静的环境中才能充分体会夕阳西下的美妙。

夕阳西下，是一幅最美丽的风景画。你看夕阳下，在平静的水面上，在群山怀抱下，在绿树成荫中，在充满和谐的现代乡村，无论你是在船上，或是在岸边，或是在山脚下，或是在古镇，看着夕阳西下，仿佛夕阳与山水浑然一体，构成一幅美妙无比的山水图画，是一幅流动着的图画，是一幅变化着的图画，是一幅永远无法描绘的灿烂图画，是一幅生活与自然的历史画卷。

夕阳西下，是美丽的记忆。小时候，就有这个景，越发展，景色越漂亮。自然的美景，在经人们精心打造后，成为精品，更具观赏性，更加美丽无比。

夕阳西下，虽然短暂，却是一天最美好的时光。最美不过夕阳红，温馨又从容；最好不过夕阳红，成熟又美丽。抓住这个最美的瞬间，抓住这个最美的时光，享受自然的恩赐，留住永恒的记忆。

# 花谢时分

花开花谢，是自然现象，四季轮回，是自然界新陈代谢的必然规律。

花谢了，心中无限惆怅，过去的一切都有花相伴，今日花去了，心也去了，梦也去了，一切都去了。

花谢了，万花纷谢，就像雨一样，纷纷下落，构成一幅美丽的图画，成为一道独特的景观。即使花谢，也要带给大家欢乐，带给大家惊喜，带给大家最后的快乐，这就是花的特点。

花谢了，纷纷下落的花朵，落在泥泞的路上，被人踩踏，心中无限的疼爱，无限的怜惜。

花谢了，曾经盛开过。那些花儿，香飘四季，散落四方。那些花儿，给人温暖，带给人们永恒的回忆。那些花儿，曾经辉煌，光耀一代。如今，花儿虽谢，但心中记忆永在，创造的历史永存。

花谢了，还会再开。老枝仍在，新枝茂盛，谢了的花，带走了历史的包袱，带走了历史的重压，带走了历史的尘埃，这沉重的一切，都随谢落的花朵随风而去，换来花的新生。明年花儿再开时，一定更加艳丽，更加繁盛，更加美丽。

花谢了，新开的花，一定更加蓬勃，更加绽放，更加荣耀，更具生命力。

盛开吧！新花朵朵，过去的一切都过去了，留下的是心中永远的思念，抛下的是沉重包袱，换来的是一身轻装。

努力吧！梦想还没有实现，前方的路正远，风景依然好！

心中的花，永远绽放，只要生命在，只要梦想在，只要灵魂在，只要团队在，花儿就永远不会败。

心中的花，依然灿烂，过去的一切，过去的荣耀，过去曾经的辉煌，过去的峥嵘岁月，过去充满深情的无限爱，过去经历过的惊心动魄，依然历历在目，不会忘却。

就这样吧！旧的历史结束，必定迎来一个新的历史，必将迎来一个全新的时代，这个新时代不会完全重复过去的历史，但一定会更具挑战，任务更加繁重。

一切还是这样，无论什么时代，无论什么历史，全靠自己开创，全靠自己书写。

一切还是这样，高贵与荣耀只由自己决定，让别人去评判吧，历史自有公论。顺应历史潮流者则昌，逆历史潮流者则亡，存亡在一线之差，存亡在一念之间，紧紧把握历史的航船，奔向光辉的未来。

# 绵绵细雨

要告别人祖山了，告别吉县了，告别晋西了，告别几天朝夕相处的诗友了，在绵绵细雨中踏上返程的道路。

在绵绵细雨中，想起江南的雨，我写下的《江南的雨》获得一致好评，此时，我多想回到江南，雨中的江南是最美的，最安静的，最具历史感的。淅沥小雨中，最容易引发回忆，引发思情。只有在雨中的江南，才能真正放下一切，让思绪彻底奔放，让创作激情一泻而出，让情感的激流充分涌动。因此，我想念雨中的江南，雨中的西湖，雨中的扬州瘦西湖，雨中的太湖，雨中的南湖，雨中的秦淮河，雨中的平湖，雨中的江南古镇，雨中的江南河流，雨中的江南庭园楼阁，是另一番风景，是别样的感受。在雨中，想念自己的故乡，想念小镇上留下的一切回忆，留下对亲人永远难以忘怀的思念，留下一切美好与不美好的记忆。

在绵绵细雨中，想念成都。成都，虽然不是我的故乡，但是我的第二故乡。生活在成都的日子，已经超过江南——我的出生地，对成都的感情已经不能割舍了。在雨中，在成都的杜甫草堂里遛思，想起当年一代诗圣杜甫在成都的浪迹生涯；在金沙遗址上，回想祖先的不易；在都江堰，看着奔腾的岷江水，想起李冰父子创下的千年伟业；为纪念唐代著名女诗人薛涛而兴建的望江楼，在雨中青竹挺拔，郁郁葱葱。在雨中，成都的府南河更有韵味，宽窄巷子的吆喝声更响，锦里的人更加拥挤，农家乐的麻将声依然不断，单位里永远充满热情的伙伴，家中永远有守候的温暖。

在绵绵细雨中，不舍刚刚开始熟悉的人祖山，不舍人祖山神奇的传说，不舍壶口瀑布的壮观，不舍黄河激流的惊险漂流，不舍人祖山交的新朋友，不舍新交的诗友，不舍老友相聚，更难忘世文的宏大魄力与热情。

我将带着这一切，在绵绵的细雨中前行，向着不可预见的未来，把握可以做到的一切，在细雨中继续前行。

# 光辉的太阳照我们

太阳，您的光辉，使万物生长，大地生辉。

太阳，您的光芒，温暖着人类，是人类生存的源泉。

太阳，您的能量，给了自然，是所有人类能源之源。

太阳，今天您又成为新能源的先驱，再一次关爱人类，为人类生存指明方向。

太阳，您的能量，巨大无比，超越一切。

太阳，您的光辉，无处不在，无时没有。

太阳，您的光芒，永远四射，谁也无法阻挡。

太阳，您的珍贵，谁也无法相比，我们一刻也无法离开您。

太阳，您的大爱，是我们生存的希望，没有您，我们会在寒冷中死去，没有您，我们会在漫漫黑夜里永远等待，永远没有方向。

今天，您又发出号召，射出光芒，直指新能源方向，再一次为人类指明正确方向。

光辉的太阳，您是人类起源的动力，是人类生命的源泉，是万物生长的靠山。

过去，我们靠您，太阳！今天，我们依然靠您，太阳！您永远是我们的最爱！

如果没有您，我们无法活下去；如果没有您，我们发展成问题；如果没有您，未来不知如何走。

亲爱的太阳，您永远是我们的最爱，我们的生命里，一刻也不能没有您；光辉的太阳，您永远与山河同在，是所有生命的永恒。

温暖的太阳，您在春的日子里，给我们带来春天的温馨阳光；您在夏的日子里，给我们带来成长的动力；您在秋的日子里，带来收获的惊喜；您在冬的日子里，给我们带来温暖，这温暖驱散冬的严寒。

亲密的太阳，我们最好的朋友。早晨，我们迎着初升的您，迎来匆忙的一天，享受漫漫人生的每一天；中午，您烈日当空，发挥您最大能量，过去，我们不知道，这依然是您对人类发出的善意，现在我们懂得了您的爱，将这最大的爱用起来，将您的爱意充分释放；晚上，您落山西下，射出美丽的晚霞，给大地披上金色的衣装，送我们进入美丽梦乡。

伟大的太阳，您万年不变，亿年永在，您哺育了人类，拯救了人类，不断为人类指明方向。

亲密的爱人，我的太阳！我们依恋您的爱，一刻也不离；我们珍惜您的爱，将您的爱视为至高无上；我们永远释放您的爱，充分领略您的大爱；亲密的爱人，我的太阳！我们永远爱您，在我们生命中的每一天，每一刻！

# 夜空的月亮

月亮，终于在北京的夜空中出现了。这是在连续几天重度雾霾后，在强力的冷风吹散下，终于换来的难得好天气。

太阳，冲破雾霾的重重遮挡，驱散雾霾的重重包围，露出灿烂的光辉。

晚霞的余晖，发出金色的光芒，照耀着北京城，照亮北京的每一个角落。玉泉山披上一道霞光，增添了几分神秘的色彩。

太阳西下，换来的是皎洁的月光。明月当空，真像梦境。

月亮，出现在阳光后。这月亮虽然还不够亮，不够大，但毕竟是久违的了，是这样的珍贵，这样的稀奇，也是这样的亲切。

人得爱自己，爱自然，爱蓝色的夜空，爱灿烂的太阳，爱皎洁的月亮，爱美好的世界。

自然界一切的美好，原本就是上帝的恩赐，自然的回报，人类的努力，但经济的不协调发展，我们的任性，使这一切变了味，一切美好的东西，也渐渐地离我们远去，变得可望不可即，变得这样遥远，这就是任性的代价。

遥望星空，何时月亮再来，星星再现，太阳辉煌，蓝天白云，大地普照。

敢问人类，是要健康，要美丽的环境，要皎洁的月光，要明媚的太阳，还是要浓浓的雾霾，短命的人生，还有花不出去的所谓财富，以及永远无法向后代人交代的账？

青山常在，绿水长流，蓝天白云，阳光明媚，月光皎洁，这幅美好的图画，在我们的童年记忆中，在我们过去的生活中，在我们的心中永驻。

星辰闪耀，星光灿烂，永远在夜空照耀，这是过去的景，现在的梦，未来的图，但我们的心中永远期待。

天上的星星在说话，闪耀的星星告诉我们，星星对我们的思念。

夜空的月亮在闪耀，照亮天际，穿透夜空，为我们带来夜空的美，绘出夜色的景。

太阳，月亮，星星，是我们光明的源泉，指路的明灯，生活的伴侣，激情的动力。没有了她们，万物不能生长，生命就会停止，幸福就会消失。

我们要用一切的努力，永远与她们在一起，让生命充满阳光，生活充满欢乐，让美丽永存，美好永驻！

# 青岛的美

这次来青岛分院调研，时间虽短，但青岛分院的变化，还是给我留下深刻而难忘的印象。

我们的青岛分院今年 3 月才正式成立，成立时各方面不同意见也不少，因为在 2012 年我们已在济南成立了山东分院，是否有必要再在青岛成立一个分院，存在争议。当时，青岛没有足够多的项目可以维持一个分院，因此决策时很犹豫，虽然后来下了决心，但对青岛分院的发展并没有抱太大希望。

这次来青岛分院，看到团队如此有活力，精神状态如此之好，办公场所如此干净，分院业绩如此显著，项目管控很有条理，项目储备很多，可持续发展可期待，内心颇感欣慰。青岛分院只用一年的时间很快就成为中小分院的一个先锋，这中间与才志领导下华北区的全力支持是分不开的，同时，张鹏的领导能力得到了充分表现，十一科技的文化得到充分展示，十一科技的品牌价值得到充分诠释。

在济南的山东分院，在建兵的领导下、在其琪的协助下，同样发展很快，迅速成为院内、国内光伏发电的一支劲旅而闻名业内。

十一科技在山东的两个小分院，很快都成了行业劲旅与先锋，我的感慨良多，一方面感到十一科技团队确实强大了，另一方面感到分院的准确定位与破格起用主要领导，是分院成功的关键。

走在青岛美丽的黄金海岸线上，微风轻拂，阳光明媚，心情格外舒畅，放眼望去，都是美丽的海岸风光，都是城市美丽的景色，青岛真美啊！

我为美丽的海滨城市青岛而骄傲，为清净无尘的青岛而高兴，为青岛红瓦青砖的历史建筑而叫好，为青岛有如此众多的著名品牌而高兴；同样，作为十一科技掌门人，我也为十一科技能在青岛立足而欣慰，为十一科技青岛团队有如此优秀而忠诚的俊男靓女而自豪。

与美丽城市共融，与历史名城同在，与发展浪潮共舞，与时代车轮同步，与光荣的团队同行，这是我们永远的梦想。

# 成都蓝

出差半月后回到成都，见到成都一片蓝天，心情特别愉快。昨晚上更是皓月当空，车行郊外，晚霞不落，余晖满天，仿佛又回到从前。

在出差的半个月时间里，在朋友圈里不断看到朋友们晒出的成都蔚蓝色的美妙天气与在蓝天下成都城市建筑的美景图片，无数的朋友为之点赞，成都的朋友为之骄傲，外地的朋友为之羡慕，更多的朋友为之惊叹，而我则是发自内心地衷心赞美。

曾经，成都雾霾严重，跃为全国之首，大家都为成都而惋惜，同时也对成都失去信心。而只过了短短几个月，四川与成都真抓实干，采取一切措施，全民动员，很快又重见蓝天，让市民看在眼里，喜在心里。

没有什么是做不成的，关键是要有实际行动。举国体制，虽也有弊端，但优势明显。一说雾霾，都拿别的国家说事，说多则几十年，少则十几年，他们忘记了我国的体制优势，忘记了党的领导，忘记了民心的期待，忘记了政府的作为。

没有什么是不可能的，关键是不搞花架子。成都的雾霾治理难度在全国是最大的，地处盆地，不沿海，不靠湖，发展又太快，但省市决心大，坚决关停并转污染企业，每天严控排放量，决不放过，使保持蓝天行动常态化。而我们有些城市，习惯于搞运动式治霾，盛事来了，采取临时措施，像变了个天，盛事一结束，就恢复旧貌。没有根本性的措施，都是面子活。没有坚强的意志，没有真正的决心，是无法根治雾霾的。

　　成都蓝，是一种行动，行动创造奇迹；成都蓝，是一种责任，为民的责任大于天；成都蓝，是一种实践，只要下决心，一切都会好起来。

　　我们本来就爱美丽的成都，爱成都悠久的历史，爱成都灿烂的文化，爱成都美丽的城市，爱成都日新月异的发展，爱成都的一草一木，因为我们不仅是生活在这座美丽城市的市民，更是这座城市的设计者与建设者，但这一切的美好，都必须有明媚的阳光，只有在明媚的阳光下，成都的一切才是可爱的，生活才是美好的。

　　"多少事，从来急；天地转，光阴迫。一万年太久，只争朝夕。"毛主席的光辉诗篇在我们耳边响起，我们要抓紧时间，努力保护好我们的环境，让世界更加美好！

# 沉雷九天炸

这几天，成都每晚都是雷雨，雷声不停，大雨不断，把这些日子的烦闷一扫而光。

乌云不断汇合，迅速聚集，黑压压的一片，山雨欲来风满楼，黑云压城城欲摧。电闪之后，很快是暴雨倾盆，室外，刚刚还是熙熙攘攘的人群，瞬间已空无一人。

雷雨后，是猛烈的风，在高处更能感受到风的威力。风，呼啸着，试图穿透一切，穿越任何障碍，显示风的不可战胜。

雷雨后，出现短暂的平静，天空出现云彩，然树欲静而风不止，一会儿又是乌云的再聚集，很快又是更响的雷，更大的雨，更猛的风。积压已久的沉雷，能量巨大，不会在短时间释放完。

然而，风雨过后终迎天晴，雨后天更蓝，彩虹更美，空气更净，景色更美好。

我喜欢雨，喜欢雨中的情，独自走在雨中的路上，一人独享雨中的情怀。雨，突然停了，独自走在雨后的路上，体验风雨之后的凉爽，享受风雨之后的快乐，是一种前所未有的感觉，这是情怀的感觉，这是胜利者的感觉，这是勇敢者的感觉。

　　人生的道路，也是这样，总会有风雨，也会有大浪，更会有雷电，但只要坚持，就一定会迎来风雨后的彩虹，就一定会在风浪中越变越强，在雷电中屹立不倒。

　　天，总是塌不下来的，路，还会继续，太阳，每天照常升起。

# 夜来风雨声

昨晚，成都夜里刮起了大风，风声很大，风声很急。由于住在高层，高处风更急，晚上起来关了两次窗户。

风越来越大，形成了风暴，来势汹汹的风，似乎想把一切都要摧毁，把一切都要吞没，要把整个世界刮走。

然而，身在高楼，一切感到非常安全，有矗立的高楼护卫着我们，挡住了大风，挡住了风暴，挡住了灾害，我们是安全的。一觉醒来，早晨散步，我看见小区虽然有大楼挡住风暴，还是有些树枝被风折断，但大树依然坚挺。城区的树，由于没有小区那样密集防护，受损的情况要严重一些，环卫工人们正在忙碌地打扫，很快一切就恢复正常了。

在风暴中倒下的，只是一些残树破叶，真正的大树，仍然会在风暴中屹立。真金不怕火炼，烈火中才能永生。

但是，自然界的力量是巨大的，风暴的杀伤力也是无情的，即使是参天的大树，仍然需要保护，否则也难免一劫，只有采取强有力的保护措施，才能真正安全。

要寻找避风港，这是个抵御风暴的港湾，是避免灾难的港湾，也是心灵的港湾。在这个港湾里，有一颗警惕的心，有敏锐的眼光，有强大的防护措施，一切灾难可以避免，一切阴谋毒计无法得逞。

　　风暴之后，是更蓝的天，是更洁净的空气，是更明媚的阳光，是更欢乐的人群。

　　"夜来风雨声，花落知多少"，孟浩然的名句伴随我们无数个日夜。每一次风雨，都有花落；每一次风暴，都有树倒；每一次灾难，都有人伤；每一次风雨后，是更加明媚的阳光，更加蔚蓝的天空。

# 青城山绿

在炎热的夏天，离开高温的成都，到青城山下一游，是难得的享受。

晚上到达青城山，参加酒店组织的篝火晚会，大家围着篝火转圈跳舞，气氛热烈，身心难得放松。

早晨起来，步行到青城山脚下，青城山被绿色覆盖，两边风景如画，游客如织。我走在木板铺成的专用道上，沿途晨风吹来，非常凉爽，一种在成都从来没有过的感觉涌上心头，这种感觉就是爽。

青城山，原名为"清城山"，是道教的圣地，在唐初发生了佛道之争，唐玄宗信道，亲自下诏书，判定"观还道家，寺依山外"，诏书中把清城山的"清"字写成了"青"，从此就一直叫青城山了。自古青城山以幽静而闻名中外，一直是夏季避暑的好去处。

青城山，以山为托，以树为荫，茂密的树林，参天的大树，挡住了烈日的暴晒与暴雨的袭击，庇护了这块神圣的土地。

青城山，绿色的世界，美丽的景色。草地，绿树，山地起伏的森林，构成一个绿色的海洋。在这绿色的世界里，偶有红色的鲜花与金黄色的向日葵点缀，分外妖娆，美丽无比。

青城山，空气清新，负氧离子浓度高，是天然的氧吧。夏日里，这里的温度要比成都低很多度，还有如此新鲜的空气，清洗一下长期在都市里呼吸的肺，换个轻松的环境，是假日里不错的选择。

大自然总是美好的，对人类也是友好的。人类的过度开发，破坏了人与自然的和谐相处，破坏了大自然的安宁，换来的是气候的巨变，温度越来越高，极端天气越来越多，海平面越来越高，自然灾害越来越多，连青城山也受影响，凉爽的风只持续了一会儿，到上午10点多，青城山就开始炎热，心情随之而变，只盼有空调的清风了。

"环球同此凉热"，这是出现在毛主席诗篇里的名句，人类只有一个地球，地球上谁也无法独善其身，我们只有共同担当，只有选择绿色，选择新能源，选择环境保护，选择与自然和谐相处，选择保护自然，保护历史，保护文化，营造绿水青山的环境，人类才能可持续发展，地球才能与人类永久和谐相处，生活才能更美好！

# 风景这边独好

在水中游，在景中行，在画中走，在梦中往。

早晨，无锡的蠡湖是别一番风景，微风徐徐，轻风送爽，湖光山色，荷叶别样，杨柳低垂，阳光初照，湖面披上一道金色霞光。

这般美景，自然与人如此贴近，无限风光，让晨练在仙境中进行。

水绕山，山接天，风光别样美；人行走，在画中，一番新天地。

行走在山水之间，神游在梦幻水乡，山水如此优美，天地如此壮阔，风景这边独好。

登高眺望，极目远望，文化遗产，历史名胜，自然天成，千古风流人物佳句传颂，精心呵护天下独特美景，风景这边好。

远离喧闹，求得安静，换来安宁，一片崭新天地，风景这边好。

人在山水间，情在思绪中，太平世界，和谐社会，美好生活是向往，不必追求财富满身，只求安宁心灵在身。

谈笑挥手间，退逆流，平台广阔，纵横驰骋，团队强无敌，创辉煌历史，风景这边独好。

　　快乐歌从心底飞出，好声音在浦江两岸回荡，难忘那个夜晚，难忘那个今宵，难忘那个夜晚的盛典，难忘那个夜晚的快乐。

　　今晨起，又重始，美好景伴美好心情，再出发，迎新景，书写新历史，描绘更美景。

# 风景，挡不住

风景，是挡不住的。即使挡住了一时，也挡不住永远；即使挡住了眼前，也挡不住将来。

最美的风景，不会在平坦的道上，不会在容易到达的地方。风景，在危机中；风景，在险处，无限风光在险峰，美丽景色在深山。

是金子，就一定会闪光；是风景，就一定会展现；是勇士，就一定能迎接风浪。

乌云遮住太阳，风暴卷起巨浪，这都是暂时的。太阳的光辉是挡不住的，风雨之后，是美丽的彩虹。

无论何时，都要坚守自己的底线；无论何时，都要与时俱进，与时代同步，这样才有美丽的风景。

美丽的风景，在自然中，在生活中，在心中，在每一个梦醒时分。

美丽的风景，在平淡的生活中，在激烈的抗争中，在欢快的凯旋中，也在痛苦的失败中。

尘封的往事，已经过去；新的美好，总在前面；过去的风景虽然很美，未来的挑战必定更加精彩。

　　将精彩进行到底，在困难时期；将光明进行下去，在转折关头。没有什么可以选择，只有走下去，走下去，走出一个新天地，走出一番更美的景。

　　风景这边独好，用心探索，十年心血。

　　风景这边独好，用生命写就，用坚强铸成，勇敢前行，义无反顾。

　　风景这边独好，用纯洁铺底，用忠诚画出，用智慧把握。

　　风景这边独好，用爱心寄托，耐心守候，永远期待。

　　美丽的风景，属于永远探索的人。

　　风景这边独好，与一切噪声无关，这儿属于另一世界。

# 忠诚的伴侣

从飞机上俯看，白云朵朵，千姿百态，美丽无比。虽然经历无数岁月沧桑，但仍然纯洁。

云彩，也是白云，夹在天上与大地的中间，仿佛是上天派出的使者，执行着特殊的使命。

云彩，你是忠诚的卫士。千年的岁月，万年的变迁，亿年的沉淀，都不能改变云彩的忠诚，它总是坚守自己的位置，守着对天的承诺，护着这神圣的大地。

云彩，你是勇敢的卫士。你挡住太阳的强烈直射，避免了强烈的紫外线损伤人类，毁灭地球生物，从而使阳光成为万物生长的源泉，成为人类的救星。

云彩，你是地球的保护神。电闪雷鸣，大雨倾盆，你挺身而出，宁可化作乌云，也要保护着我们。

云彩，你是我们忠诚的伴侣。无论是在胜利的日子，还是在艰苦的岁月，无论是在阳光灿烂的日子，还是在乌云密布的时刻，你总是离我们最近，总是在一切时刻与我们在一起，是我们最好的伴侣。

　　云彩，想保护你，就怕失去你，那份担心常在心里。人类的过度活动，已经使你越来越少，成为稀有。人类无节制的发展，已经雾霾满天，在低空已经看不到你——洁白的云彩，只有在万米高空，或在没有雾霾的难得好天气里，才能见到你美丽的倩影。

　　云彩，作为你最忠诚的朋友，希望你长留天际，永远洁白，永远美丽。

　　没有你，云彩，我们该是多么寂寞！

# 弯弯的月亮

　　小时候，总是在夜间，凝望着夜空，看着这弯弯的月亮，明月当空，照亮半边天，仿佛回到白天。我遐想这深不可测的宇宙世界，究竟是什么魅力，能有如此的能力。

　　长大后，看着这弯弯的月亮，随着科技知识与文化水平的提升，已经开始知道月亮在宇宙中的地位，知道月亮与太阳的关系，知道月亮到底是什么。

　　离家后，每当星月当空，月亮成为我思家的寄托，抬头看明月，低头思故乡，月亮与思念千里之外的家紧密相连。每当想家，想念妈妈的时候，总是在月光下徘徊，在月光下低头思念。月光与思念连在一起。

　　成功以后，看着弯弯的月亮，弯弯的月亮似乎在发出警示，要我不忘记过去的曲折，不忘记过去的痛苦，不忘记过去的历史，月亮照亮光明的前程。

　　弯弯的月亮，是我终生的伴侣，是我终生的导师。迷路时，你指引方向；黑暗时，你照亮前程；困难时，你鼓舞勇气；胜利时，你增添欢乐。

弯弯的月亮，你是爱的见证，爱的寄托，爱在月光下滋生，爱在月光下成长，爱在月光下放射光芒。

弯弯的月亮，只有你懂我的心，我走你也走，我停你也停，我哭你悲伤，我笑你也乐，你是我最忠诚的朋友，无论相隔多么遥远，我们总是心心相印。

弯弯的月亮，你保存了童年的记忆，保存了青春的历史，保存了成功的经历，保存了失败的教训，保存了离别的相思，保存了相聚的欢乐。

弯弯的月亮，你是指路的明灯，每当我在弯弯的小路上行走，你是我唯一的指路明灯，没有你，我会迷失在行进的路上，会迷失在茫茫人海中。

弯弯的月亮，前面的路，还有这么多的险阻，还有这么多的困难，请你不要离开我好吗？没有你的爱，没有你的相伴，没有你的指引，我无法走下去，走到底。

弯弯的月亮，我们从我的童年开始相伴，直到今天，只要生命不息，请不要离开我，没有你，我不能保持不衰的斗志，保持永恒的活力，保持永远的青春。

弯弯的月亮，爱，是生命活力的唯一源泉，是一切事业的基础，请你永远不要离开我，给我永不枯竭的爱，给我永不放弃的努力与相伴，谱写天上人间千古不朽的诗篇。

# 又见彩云

从连续多日雾霾的成都来到昆明学习，除了多几分安静外，最难得的是又见彩云。昆明是天天好天气，而成都即使没有雾霾，也极少有如此晴朗的天气。

昆明地处高原，是著名的风景旅游城市，这里的天气很好，白天阳光灿烂，彩云飘荡，晚上星星闪耀，与成都完全不一样，好像不是同属一片天。

昆明的初冬，气候非常宜人，一点儿也不冷，微风吹来，是那么的爽，如同成都的秋天那样。来到这儿，在雾霾久久重压下的坏心情，一下子就好多了，原来同一片蓝天下，感觉竟可以有如此大的不同。

早晨起来，是金色的朝霞，这朝霞透过密集的树林，射向我们。过一会儿，太阳升空，迅速照亮大地。晚上，太阳带着余晖，缓缓地向我们告别。不久，星星又开始闪烁，继续与我们做伴。在昆明的日子，心情是快乐的，这就是大自然对人类的恩赐。

又见彩云，多了一份美丽。雾霾下，不会有美丽，人们都是一个模样，口罩把人们真实的面貌遮住。而在阳光与彩云下，人们将容貌尽情展示，美丽尽现。

又见彩云，多了一份快乐。有阳光，就有希望，有蓝天，就有心情，有彩云，就有快乐，有彩云，就有欢声笑语，有彩云的陪伴，快乐充满人间。

又见彩云，多了一份依恋。久别相见，又要匆匆相别，一别又何时能再见？没有你的日子，生活缺乏方向，没有你的日子，生活不会快乐，失去你的日子，心中充满惆怅。

又见彩云，多了一份思念。没有你的日子，多了一份孤单。想你时，你在远方，想你时，你在天边；想你时，你在梦里，想你时，你在心田。

又见彩云，多了一份希望。阳光与彩云，永恒不变，忠诚到永远，永远在我们的上空等着我们，我们拨开迷雾，就可以见到阳光与彩云。

既然昆明可以日日蓝天，成都与北京等地，也不应天天雾霾，只要采取措施，一定可以减少雾霾，重见彩云。

又见彩云，多了一份信心。阳光就在天空，希望总在前面，成功永远在路上，只要努力，就会见到阳光，就会见到彩云。

努力，就会使不可能变成可能；坚持，总会见到光明；成功，永远属于不懈奋斗着的人们。

愿阳光永远在，彩云永远飘荡在蓝天。

# 金色的晚霞

  傍晚，在主席和朋友们的盛邀下，来到无锡老运河旁进晚餐。这时，太阳西下，金色的晚霞照过来，心情格外愉悦，无锡的新老建筑在晚霞的辉映下，构成一幅美丽的图画。这幅图画既有现代感，同时又保持着历史感，无锡深厚的历史文化沉淀充分反映在这幅图画中，保存在这一历史的瞬间，保存在这金色的晚霞辉映下的记忆中。

  在这样的氛围中，不轻松的谈话变得很轻松，似乎一切都在不言中。过多的表白，已经显得多余，彼此间的信任，正在共同的事业中逐步建立，相互间的友谊，在共同面对挑战的经历中日渐加深，而声誉也在发展中共同建立。就这样，不需多说了；就这样，不需多言了；就这样，共同去面对吧！只要方向正确，又何惧万水千山；只要前途光明，又何虑充满荆棘。

  太阳总是这样神奇，无论任何时候，都有不同的风景。初升的太阳，光芒万丈，显示蓬勃活力；正午的阳光，带来暖暖的午后的神奇感觉；而金色的晚霞，则是一缕阳光照来，犹如童话世界，熠熠生辉。整个太阳是如此神奇，人生如同太阳，如此循回，如此光彩。金色的晚霞依然光彩，仍然孕育初升的太阳，仍然带来暖暖的午后。

故事，从暖暖的午后开始，经历弯弯的小路曲折，经受浪花的考验，在金色的晚霞中，开始精彩的历程。

精彩，总在最后，不会结束。历史，总会前进，不会倒退。历史，只记录成功者。绚丽的人生，只有在闪光的事业中才能实现价值，永远放射青春的光华。

# 挡不住的风景

鲜花，一定会盛开；美丽，一定会绽放；金子，一定会发光；英雄，一定会使人仰慕；雪，一定会融化；品牌，一定会体现价值；创新，一定能突破传统；鸿雁，一定不同于乌鸦。

美好的风景是挡不住的，一定会映入人的视线；美丽的鲜花在墙内开花，一定会冲出墙内开花墙外；美丽的使者，总有一天，肩负使命，含笑内外。

风景，是挡不住的。美丽，是掩不住的。高贵，生来就有，大志，历练成就。

风景，是藏不住的，处处散发美丽，无处不透奇妙，到处绽放光芒。

风景，在历史中形成，在实践中练成，在岁月中造就，在风雨中淬成，在较量中生存，在奋斗中绽放。

风景，是挡不住的。无论什么力量，无论什么因素，都挡不住美丽的风景。因为，美丽的风景，是发展的大潮，是人们的最爱，是人们的向往。

风景，是破坏不了的。因为有人守候，有一个强大的人群，一个充满爱心的人群，一个立志成就宏大事业的人群，一个无所畏惧的人群，一个如此卓越的人群，他们日夜守候着这美丽的风景，他们每时每刻创造着美丽的风景。风景是他们的生命，风景是他们的全部，他们愿意一切善良的人们共同欣赏这美丽的风景，决不允许别人糟蹋风景，破坏风景。

　　我们是风景的制作者，也是风景的保护神，我们与风景同在，与风景同存。

# 远山近水

# 在诗意般的风景中穿行

我们无锡的办公地址华东大厦在无锡集成电路工业设计园，位于蠡湖旁，在著名风景区鼋头渚的入口处，地理位置十分优越。

从楼上向下望，就像一幅凝固的美丽画卷，可看内蠡湖与外太湖，太湖为蠡湖矗起了天然的保护屏障。蠡湖秀丽而文静，太湖辽阔而雄伟。湖边庭园楼阁，小桥流水，绿水青山，大树成荫，自然天成，巧夺天工，每一幅都是画，每一处都是景。

晚上，华灯齐放，灯光点点，似宫廷盛会，灿烂辉煌，宛如星河下凡，是胜境，似仙境，夜色多美好。

在蠡湖旁行走，在太湖边穿过，更是一种特别美的享受。无论驾车，还是步行，蠡湖和太湖都给人以特别的美，美得像一幅画，美得像流动的景，美得像多情的少女，美得像梦中的情人，美得像天堂的仙境。

美得你不忍心在其中穿越，怕惊动林中的小鸟；美得你不能大步走，怕撕裂画中的景；美得你只能慢慢地走，怕错过这似仙的景、如梦的画。

太湖，是无锡的生命之源；蠡湖，是上帝对无锡特别的恩赐。太湖广阔，生命之源永在；蠡湖秀丽，美丽花朵永艳。

在如诗如画的美景中游走，在山水之间泛舟，疑似在天堂，感慨人间美，蠡湖不是西湖，却胜似西湖。

在诗意般的意境中写作，情感燃烧，激情澎湃，精彩诗篇心中飞出，经典语句口中诵吟，唯美好生活常在，幸福回忆永存。

在诗意般的环境中工作，创意涌动，新招频出，谈笑退敌，雄心胜似万夫强，唯珍惜今日之强大，愿盛景永在。

在诗意般的环境中生活，心情舒畅，幸福满满，人类最宜居的一个城市，人间天堂，夕阳西下，金色晚霞照耀，人生快乐无穷。

大诗人郭沫若说："太湖佳绝处，毕竟在鼋头。"鼋头渚守护着蠡湖，用自己的身躯，阻挡住一切风浪，让蠡湖通太湖，使生命永具活力，避风浪而永远宁静美丽，成为太湖最美处。

# 樱花时节春满园

## ——无锡鼋头渚国际樱花节巡礼

樱花是东瀛日本的国花，但由于其独特的品质，受到人们的普遍喜欢。以前我在樱花时节去过日本观赏樱花，日本的樱花很美，各地都有，观赏樱花是日本的传统。由于中国与日本的气候条件很相近，国内各地很快就引进樱花树种了，现在在国内很多地方都能看到樱花了，不必专门到日本去。我们院在院子里也种了樱花，先是几棵樱树，后来成为一个园，樱花时节前来留影的人很多。

樱花，因淡雅而闻名。樱花以白色与粉红色为多，淡雅是其主要特点。樱花，没有大红大紫的耀眼，但有白色的纯洁；没有扑鼻而来的诱人味道，但有沁入心肺的芳香。

樱花，因娇而惜。樱花非常娇艳，妩媚动人，只要稍微摇摆，花瓣即会掉落，所以要特别悉心爱护，不要轻易触碰，让它的美丽在短暂的生命周期中尽情绽放，让我们充分享受这种美，享受这种情。

樱花，因稀而惜。多数樱花一年只开花一次，从花开到花谢，花期 7 天，十分短暂，日本有民谚称为"樱花 7 日"，整株樱花的花期一般也不超过 16 天。樱花的生命如此灿烂，烂漫的花季如此短暂，与我们的相会如此匆匆，使人们分外珍惜这宝贵的樱花时节。

樱花盛开的时节，是花的海洋，花的世界，粉红色的樱花，柔情似水，温情似火。多彩多姿的樱花，点缀着整个世界，把美丽的百花园打扮得分外妖娆。

春天的鼋头渚，是真正的人间天堂。阳光明媚，碧波荡漾，景色宜人，春色满园，是一幅大自然美貌的全景图。而盛开的樱花，以它独特的美丽，展示其迷人的风采，樱花风情万种，堤岸风景如画，山水合一，自然天成。

鼋头渚跨越千年历史时空，依然艳丽夺目，春的季节里，樱花在百花满园中独放异彩，把鼋头渚装扮得分外妖娆。

春天的鼋头渚，满眼望去，游人如织，鲜花簇拥，人如潮，花如海，是一幅人与自然和谐相处的壮美图画。而樱花最美丽，最耀眼，一花初放引来万花开，山花烂漫遍丛中，春色无边惹人醉。

鼋头渚的樱花谷，是由中日樱花友谊林发展起来的，历经 30 年的风雨，在中日友好人士与无锡市历届领导班子的精心培育与不懈推动下，当年的千余株樱花林发展成为满山遍野的樱花谷，总数已超过 3 万株，成为春天里鼋头渚一道独特的风景线。以樱花为主题的系列文化活动丰富了无锡与鼋头渚的春色。虽然当前中日双边关系出现一些不和谐，但回顾历史可以看出，中日民间友好交往的趋势是任何力量也挡不住的，越来越繁盛的樱花告诉我们这个道理。

夜色里，在灯光的衬托下，樱花犹如夜明珠般闪耀，与白天不同的是，夜色中的樱花更加美丽，更加夺目，更加让人留恋。

一夜春色，樱花纷谢，落叶而下，花开花落在同时，紧紧与你相拥，深情与你相吻，真心与你相会，万千游人目睹你迷人的风采。

快，抓住这个瞬间，把美丽的樱花留住，把你纯洁的品质记住，把你美丽的花姿看够，把你芬芳的花香闻够，把对你的思念倾诉够，把对你的爱恋永存心中。

快，拍下这个美景，留下这个美好记忆，让历史永在，让美景永恒，让心中的鲜花永远盛开。

快，看看这盛景吧，万千游人游园观赏樱花，万紫千红的大花园，如同一个童话世界，人们脸上荡漾出从未有过的自豪；看看这景色吧，春色无边，太湖碧波荡漾，五彩缤纷的美丽世界，无锡你独美，鼋头渚你独占鳌头。

"落红不是无情物，化作春泥更护花"，清代诗人龚自珍的诗篇表达了我们对落花的情感。樱花烂漫盛开，花谢花开在瞬间，飘落的樱花从容落入泥土，化作泥土更护花。樱花，永远与我们同在；樱花，永远与春色同在；樱花，永远与百花园同在；樱花，永远与大地同在；樱花，永远与生命同在；樱花，永远与美丽的大自然同在；樱花，永远与我们的爱同在。

再见吧，无锡！再见吧，鼋头渚！再见吧，樱花节！明年我会再来，让我们再次相约在无锡，相约在鼋头渚，相约在这美好的季节里，相约在春天的日子里。那时，我们再把别后心中的爱恋深情倾诉，再把别后的思念真诚告白，再把美好的梦想再次编织。

# 锡城与蓉城

今晚在无锡，没有安排应酬，是难得安静。晚上一人吃了点小吃后，出去散步。

天上下着小雨，漫步在细雨中，路上行人很少，与习惯了的熙熙攘攘的成都相比，无锡多了一份宁静。与许多现代化的城市相比，无锡是很宜居的。无锡在发展中控制着城市的规模，保持着历史，保持着文化，保持着江南城市的魅力，保持这份永远的宁静。

这几年成都发展太快了，市区迅速扩大，南部新城刚建好，马上就要建设天府新区，新机场的运力还没有充分释放，在简阳更大规模的新机场已经开建。成都以前所未有的创新勇气与魄力，加快改革开放，不断追赶现代大都市的步伐，已经见效，各种荣誉与国内外排名一路往前，终于登上新兴城市的第一名。

成都在得到这些光环的同时，也面临环境的挑战，最近在治理雾霾方面取得明显进展，但城市的交通拥挤问题很难解决。城市的过快发展，城市人口的快速增长，使成都已经失去了往日的宁静，从城里的一头到另一头，有时开车要一个多小时，虽然同处一城，但却感到相隔遥远。成都，在城里已经基本找不到安静的地方了。发展，消除了死角，也消除了安宁。成都，不再是真正意义上的宜居城市，过去的那些宁静，过去那些美好的记忆，已经渐渐开始模糊。或许，这就是现代化的代价；或许，这就是城市化的通病。

无锡虽然城市规模要比成都小，但工业与科技同样发展快，城市交通便捷，在无锡市区任何一个地方办事，基本都可以在半小时内到达，而这在成都是很少见的。

无锡保持着具有千年历史的古运河。今天的古运河虽然已没有了当年的运输功能，但夜色中，游船穿梭往来，游客们兴致勃勃，古运河两岸景色美不胜收，成为历史的见证，现代的景点。而成都的府南河工程曾获得联合国人居奖，河水也在不断治理中清澈可见底，但由于不能通行，河水白白流淌，无法充分利用，无法充分释放其价值，没有船只的河流也就失去了生命力。再则府南河两岸在夜间也没有耀眼的灯光，在夜间无法吸引更多人的眼球。

城市的发展，既要现代，又要保持传统，保持特色，保存历史，保存记忆，创新与传统并存，现代与历史同耀，一味地追求现代，会丢掉最珍贵的东西。

城市的规模，既要发展，又要控制，并不是越大越好，关键是要立足现在，面向未来，为未来留出空间，为子孙留足发展空间。

城市建设是否成功，交通、生活与医疗是否便捷是一个重要指标。而在城市中宁静随处可寻，则是我们心灵与幸福的真实向往。

# 长风公园——城市的绿地

　　这次在上海参加 2017 年第十二届亚洲太阳能光伏创新技术展览会，开会在上海跨国采购会展中心，住在旁边的国丰酒店，酒店对面是长风公园。

　　早晨起来，到长风公园晨练，虽然天气还是很热，依然是酷暑，但长风公园的优美环境，还是为酷暑中的秋夏，吹来了一股清凉的风。

　　长风公园在上海普陀区，是一个 4A 级风景区，绿树成荫，湖水荡漾，微风徐徐，一种在烈日下无法感受到的凉爽，一种对美好生活的向往，在心底涌动。

　　晨曦中，来长风公园锻炼的人们络绎不绝，有跑步的，有快走的，有参加各种球类活动的，有打太极拳的，也有在湖边休闲的，这既是晨练的场面，也是社会和谐的一面镜子。长风公园环境优美，为市民，特别是为中老年人的锻炼与户外活动提供了极佳的场所，是大城市里人们的好去处。

　　长风公园处在城市的密集区，我们上海分院的原办公地址，就在离长风公园不远的中友大厦，因此我对这一区域很熟。历经数十年的建设，长风公园的规模不断扩大，越建越好，现在成了4A级国家风景区了，真是天翻地覆。

城市绿地是城市的肺部，承载着独特的功能。一个城市，特别是特大型城市，必须要有足够多的城市公园，必须要有足够多的城市绿地，必须要有足够多的公共活动场所，否则无法满足市民的需要，这不仅是市民生存之所系，也是市民生活质量之所倚，更是实现中国梦的基石。

梦想总是可以实现的，关键是我们是否切实把民生摆在首位，而不是把商业化放在首位。商业化当然也需要，但一味追求，就是忘了初心，实际上难长久。

优美的城市环境，就是最大的民生，就是对美好生活的向往，就是一座城市的吸引力，就是一座城市的竞争力，就是我们的追求。

# 仁寿湿地，雨夜的美好记忆

## ——环境是共赢的生命共同体

今晚，应朋友之邀，下班后前往仁寿望峨台，品尝"斗鸡公"。原以为"斗鸡公"是鸡，但实际上是一种生长在当地的野生菌，味道极鲜。晚餐后，在黄副县长的陪同下，在细雨中踏上了仁寿湿地。

仁寿湿地建在仁寿县城中心，占地2070亩。据黄副县长介绍，项目从2015年10月开工，到现在还不到一年，就已竣工，开放接待游人了，只剩个别地方还在收尾。黄副县长说，今天是下雨，人不多，平常晚上来湿地的人要超过万人，湿地已成为仁寿的一大景观，成为市民休闲锻炼的最好去处。黄副县长说，项目总投资共4.5亿，其中包括从黑龙滩水库的引水工程，设计施工单位是岭南的一家专做景观的上市公司，负责工程的领导就是仁寿人，因此在质量方面做到了特别扎实，在价格方面给予了特别优惠。黄副县长说，该项目是仁寿县委、县政府的重大决策，书记任总指挥，他任副总指挥，每天起码到工地来两趟，时任眉山市市长的宋朝华同志多次来现场主持会议，拆迁涉及很多住户，由于是惠民工程，大家都没有意见，全力支持。虽然花了4.5亿，但由于湿地极大地提升了环境质量，仅周围一块 100 多亩的地，就拍了 4.5 亿，现在周边多块地多以高价竞拍，实现多方受益，多方共赢。

在黄副县长的陪同下，我们一行冒着细雨，历时一小时之久，游览与踏看了极为壮观的仁寿湿地。

第一，我被仁寿湿地的规模震撼。2070 亩地，又是在城市中心，没有极大的宏伟魄力，没有为民办事的坚强意志，没有立千秋伟业的真知灼见，是绝无可能的。因为，现在干部任期都不长，常被经济指标考核压得喘不过气来，城市中心的地块是黄金宝地，腾出如此大规模用作湿地，我是第一次遇到，尽管我称得上走遍千山万水，但仍然十分惊讶。更为感叹的是，仁寿用立法规定了对湿地的保护，以免后任可能带来的改变。

第二，我被清清的流水吸引。湿地从黑龙滩引进处理后的活水流入湿地，清澈的流水潺潺，在夜间组成了优美的交响曲。景，因水而成；水，因纯而贵，清澈的黑龙滩水成为湿地的一大亮点，成为仁寿一道独一无二的风景线。

第三，我被精心设计的绿道折服。湿地内的绿道，沿河而设，宽敞，多样。在这些绿道慢跑，呼吸着沁人心脾的新鲜空气，是一种特别的享受，是人生的另一种快乐。

第四，我被湿地的建设速度感动。不到一年，旧貌变新颜；不到一年，成就千秋大业；不到一年，彻底改变城市面貌；不到一年，向市民交上一份优秀的高质量的答卷。我在想，只要有人民的支持，只要真正为民，我们没有什么办不到的。我们的领导者，其效率无人能比，我们的领导者，胸中装天下，能干大事情，仁寿湿地是中国无数优秀城市建设的一个缩影。

雨，越来越大，但我们的兴致始终未减。在雨中，漫步在美丽的湿地；在雨中，呼吸着这无比湿润的空气；在雨中，行走在雨雾缭绕的绿道；在雨中，感受如同江南一般的雨境，心情不能平静。在雨中欣赏降央卓玛动听的《今夜又下着小雨》，这音乐拂动着人的心灵深处，仿佛进入仙境，踏入梦幻，鼓舞着斗志，再迈入美好的未来。

　　雨，越下越大，但心潮起伏，未能平静，原来生活是如此美丽，原来仙境并不遥远，梦幻可以实现。

　　这就是雨中的仁寿湿地，这就是雨中的夜晚留下的特别记忆。

# 秋日的都市

昨晚深夜与太太一起从无锡回来，今天正好是周六，在经历近一个月的连续忙碌后，遇到难得的休息日，上午去家对面酒店泳池锻炼，已经与这熟悉的一切分别很久了，重逢是那么的亲切。

下午与太太去离我们不远的成都太古里逛，从我们家步行到太古里只需要20多分钟，太古里与成都著名的商业街——春熙路相邻。太古里是以大慈寺为中心打造的集商务、购物、餐饮、休闲为一体的现代商务圈，由香港太古里品牌打造，太古里与春熙路成为成都两张辉耀的城市名片，成为市民与游客的常到之处。

太古里以现代、简洁的手法，打造成具有国际竞争力的都市商务圈，与春熙路相比，这里更加现代，更加人性化，更加宜商、宜购、宜饮、宜乐，更加适合年轻人游逛，是成都一张非常亮丽的名片。

千年古寺大慈寺，处在太古里商务圈的中央。大慈寺有1600年的历史，公元622年玄奘法师曾在此受戒学律，玄宗皇帝在公元756年因安史之乱而避难成都，敕书大慈寺"大圣慈寺"匾额，并赐 1000 亩地予大慈寺。下午时分，只见大慈寺人群熙攘，佛光高照，香火甚旺，我们也进去看了看，与大家一起进行祈祷。

一个是闻名千年的古寺，一个是现代新兴的商务圈，同处在现代都市的中央，不同历史年代，完全不同的文化，竟然如此和谐相处，相得益彰，一点也不觉得不协调。这就是成都太古里的独特之处，这就是不同文化可以和谐相处的例证。

秋日的下午，在暖阳下，在太古里漫步，是一种享受。漫步在这现代与历史的交汇处，游走在熙熙攘攘的人群中，在品牌店购物，在名吃店品尝，在大慈寺中祈祷，这是一份很难得的体验。秋叶纷纷而下，金黄色的落叶飘落一地，脚踩这落叶，充满幸福感而从容来往的人群从身边而过，我深为这美好的都市秋日叫好，为这安宁和谐的景象称快。

秋日的都市，景色分外美丽。我们平日在都市整日忙碌，疏忽了都市的美丽，周末又过多地选择了乡村。其实，我们的城市很美，都市里特有的现代气息，都市里的繁荣，都市里的喧闹，都市里熙攘的人群，都市里多样的选择，都市里的韵味，都是别一番风景。都市，应该是我们周末与假日的一个重要选项。

秋日的风，轻微而凉爽；秋日的阳光，温馨而不烈；秋日的心情，舒畅而快乐。

这是一幅和谐社会的全景图，这是改革开放四十多年的累累硕果，这是秋的收获，这是改革再出发的又一新起点。

# 秋天的童话

秋天，是一张多彩的画，万山枫叶红遍，层林叠翠尽染，蓝天白云，风吹草动，白鹭临水，清泉喷涌，万里河山秋光好，如一幅"落霞与孤鹜齐飞，秋水共长天一色"的美好图画。

秋天，是一首动人的歌，秋风阵阵，赏心悦目，风采迷人，动人诗歌响大地，风吹梦动，梦在远方。

秋天里，秋风伴舞，湖畔停留，举目无限风光，碧波荡漾，蒙蒙烟雨散尽。秋高气爽，云淡风轻，一派迷人景象，在秋的日子里，充分体验生命的欢快。

秋天里，山泉清清，流淌着欢乐的歌，林涧虫儿鸣，鸟儿唱，声音回荡天外，独享人与自然的和谐，这又是"空山新雨后，天气晚来秋。明月松间照，清泉石上流"的写照。

秋天里，想江南细雨，小桥流水，童年时美好的记忆在心间；念塞外风沙，卷起千层浪，柳暗花明，秋日里清澈渠水有树荫，瓜果地里品瓜香，别有一番滋味；古城风雨，西北情怀，兴庆湖畔留脚印，秋到秦川一片稻麦香。

秋天里，捧起沉甸甸的荣誉，收获众望所归，吹响再出发进军号角，文化中心新建，歌声四起，舞姿翩翩，西边跳罢东边唱，双子座惊艳亮相，闪耀蓉城，巍峨丰碑永在。

　　秋天里，迎新中国七十盛典，蓉城尽欢乐，杭州诗歌吟，南湖红船唱，无锡歌声飞，宜兴再聚会，与亲爱的祖国同行，歌声飞遍四方。

　　秋天里，江山如画忆丹心，国家七十盛典，独念老一辈卓绝艰苦，创不朽丰功伟绩，毛主席英明无比，毛泽东旗帜更艳，邓小平教诲真宝贵，周恩来品德永在心间，高举起伟大旗帜，在新时代勇敢投入战斗。

　　秋天里，期盼世界和平，和谐相处，国泰民安，祖国安康，人民幸福，国家强盛，永远安宁。

　　秋天里，童话的世界，自然的美景，美丽的童话流传千年，童年的梦想在心中，在童话般的世界里，在永远的努力中。

# 春临无锡分外美

春天的无锡分外美丽,格外妖娆。

无锡的美,是太湖的美;无锡的美,是自然的美;无锡的美,是江南春光的美;无锡的美,是樱花的美;无锡的美,是桃花的红;无锡的美,是梅花的媚;无锡的美,是菊花的黄;无锡的美,是百花的艳;无锡的美,是人心的顺、产业的强,是无锡全面进入黄金时期。

春到江南美如画,
无锡春光比画美。
樱花飞舞桃花红,
梅花多姿百花艳。

## 一、樱花谷里笑声欢

春天的无锡,分外美丽。今天是周日,我正好在无锡,为了与拥挤的旅游人群错开，我早晨不到 7 点就与司机小曾独自去了鼋头渚樱花谷。

今天上午是多云，太阳时隐时现。初春的早晨，还带着一些寒意，只盼着温暖的阳光早些出来，这样一是可以驱寒，二是拍的照片因光线的充足而更加清晰，才能对得起这个美景。

经过 20 多年的建设，鼋头渚内的中日樱花谷越来越漂亮了，樱花谷已经成为无锡的一张名片，在全国的影响力也越来越大，每逢樱花时节，鼋头渚周围水泄不通，十分拥挤，游人爆满。

万千樱花树在晨风中摇曳，白色的樱花翩翩飞舞，落在地上，但樱花仍然很多，现在仍然是赏樱的好时节。

"落红不是无情物，化作春泥更护花"，纷飞的樱花带给我们一片美丽的景色，是樱花的亲近，是分手的告别，既热烈又感到悲壮，既短暂又让人思念长久。飞扬的樱花结束短暂的使命，化作泥土，带着思念，等待来年与我们再见。

一会儿，被乌云遮挡住的阳光终于爬上来，樱花谷更加充满生气，绿枝嫩芽，白樱飞舞，红桃艳丽，山水相间，小桥流水，杨柳依依，好一幅无比美丽的山水图画。

郭沫若的不朽诗句"太湖佳绝处，毕竟在鼋头"的苍劲题字，在鼋头渚闪闪发光。随着岁月的变迁，人们对一代文学巨匠郭老更多的是思念，他的光辉诗句成为流传万代的响亮名片，扬名鼋头渚，造福后来人，惠泽无锡。

无锡樱花谷的建设已经有 20 多年的历史了，在中日两国有识之士的共同努力下，樱花谷一年比一年美丽，一天比一天漂亮。

在樱花时节，盛开的樱树，飘扬的樱花，多彩的樱花谷，快乐的人群，樱花谷已成为无锡最响亮的名片，成为中外友人蜂拥而至的地方。

无锡因樱花谷而更加闻名，鼋头渚因樱花谷而更加美丽。山水相映，太湖增辉，人们在飞舞的雪花中，感受春天的美好，感受生活的快乐，感受中日友好的硕果。

## 二、蠡园美

蠡园是无锡的又一美景，从鼋头渚的樱花谷出来就径直来到蠡园，而这时天气格外晴朗，阳光明媚，天高云淡，春风轻拂，春天在蠡湖光映下的蠡园分外美丽。

蠡园在蠡湖旁，三面环水，风景秀丽。蠡湖原名为漆湖、五里湖，相传春秋时越国大夫范蠡携美人西施泛舟于此，湖因此而得名，园又因湖而得名。蠡园占地 123 亩，水域面积占五分之二，从民国初期开始逐步建设，如今成为国家 4A 级风景区，是太湖风景区的重要景点。

蠡园的美，主要是面临太湖，湖堤长岸风光无限，杨柳依依随风飘荡，多姿的花朵万紫千红，曲径通幽小桥流水，庭院楼阁民国情调。

蠡园也有白色的樱花，但更加引人注目的是红色的桃花，桃花盛开，与白色樱花一起，把蠡园打扮得分外妖娆，格外美丽，真是一幅美丽的百花园。

"春光无限好，蠡园分外娆。有心来踏春，更觉赏心悦"，在清澈的蠡湖旁，沿着湖边小道漫步，小桥流水，古屋石街，一步一个景，一步一幅画，蠡湖通太湖，蠡园美天下。

蠡园的美，在于多彩的花朵，姹紫嫣红，这些组合是不同于樱花谷的另一番美景，有时候感觉画面更加丰富，情感更易调动。

而接近午时的阳光，温馨而暖和，充足而不烈，正是留影的好时光，一张张精彩的画面留下了难忘的记忆，记下这春天的回忆。

### 三、阳山桃花艳

无锡的阳山，是我国著名的水蜜桃产地，共有 2.5 万亩地盛产水蜜桃。阳山的水蜜桃之所以晶莹剔透，皮嫩肉甜，主要是 1.4 亿年前中酸性火山碎屑融合而成了阳山，其周围土壤肥沃，在这种土地上生长的水蜜桃无公害，特别甜，因此阳山水蜜桃成为无锡的一张王牌，曾被 1999 年昆明世博会指定为唯一的无公害水蜜桃。

无锡的友人向我推荐，现在正是阳山桃花节，该去无锡的阳山看看，桃花正盛，景色很美，非常值得一去。听了友人推荐，因此就有了去阳山看看的想法。

本想昨天下午去阳山，但阳山正在举行半马赛跑，人山人海，交通限制，无法成行，因此改成今天早晨前往。从无锡市区出发，只要半小时车程就到了阳山。在经历昨天半马赛跑的热烈场面后，阳山的一切恢复了往日的安静，但从现场留下的一些比赛标志看，还是能感受到刚刚结束的半马赛的那种热烈场面。

一到阳山，果然是名不虚传，首先映入眼帘的是清澈的阳山湖与秀丽的阳山。只见阳山湖水波清澈，碧波荡漾，杨柳依依，而在阳光下，阳山则显得分外秀丽。阳山湖与阳山，山水怀抱，山水相拥，犹如一幅静止的山水图画。在阳山广场，到处可见的是画画写生的学生与艺人。

最吸引我们的，显然不是阳山的湖，而是阳山的桃花。一走进水蜜桃生产区，一望无际的桃花映入眼帘，粉红色的桃花把天际打扮得分外妖娆，阳山的桃花果然名不虚传。

阳山的桃花，花群独艳，放眼望去是看不到边的，这不同于那些零星的桃花树，也不同于那些桃花林，而是真正的花海，是无际的桃花园。

阳山的桃花，得天独厚，自然天成，是历史的结晶，大自然的恩惠，是岁月的沉淀，也得益于无锡的策划与打造。

阳山的桃花，不同于一般桃花，出身高贵，身价非凡。结出的水蜜桃水汁充足，甜蜜无比，自然天成，无任何公害，是最令人放心的水蜜桃。虽然现在还不是结果的季节，但我每年来无锡都吃到过阳山水蜜桃，口感极好。自然的，是最珍贵的；自然的，也是最美好的。

时间匆匆，就要离开阳山了，还有客人在无锡等着我，这时崔护的一首诗"去年今日此门中，人面桃花相映红。人面不知何处去，桃花依旧笑春风"在我耳边响起。与永远不败、年年都开的桃花比，我们是如此渺小，享受桃花观赏春光的时刻是如此短促，一生也是如此短暂，我们何不珍惜这美好的春光，与桃花、与樱花、与一切美丽的花多相聚呢？

# 南长街

　　昨晚，陪老领导去看看无锡的南长街。

　　这是无锡很著名的有古镇韵味的老街，非常像成都的宽窄巷子。

　　如果说美，主要是依着无锡的古运河，特别有江南水乡的味道，有历史的沉淀，文化的积累。

　　这里有"江南水弄堂，运河绝版地"的美誉，很多建筑始建于明代，其中飞架运河两岸的清名桥街区是世界文化遗产的组成部分。

　　这里什么都有，就是一个古镇的缩影，是游人晚上的一个好去处。

　　与成都宽窄巷子比，南长街在如何平衡保持历史特色与便于游客行走上，还是存在差距。

　　任何历史文化遗产，首先是要保护，同时也需要不断提升，在保护的基础上，进行与时俱进的改造，使之更具生命力，更加吸引人，这才是真正珍惜这宝贵的历史遗产，珍惜这历史文化的价值。

其实，走动一下，到别处看看，就会知道差在哪里。因此，相互借鉴是很重要的，这也是进步的原因。

任何文化，任何企业，任何个人，都需要既保持特色，又能借鉴吸收别人的长处，兼收并蓄，才能进步。

# 你有奔腾的力量

## ——雅鲁藏布江峡谷巡礼

雅鲁藏布江，童年时唱你，少儿时梦你，几十年梦魂萦绕，今天终于见到你。

你站在世界之巅，俯视群山，海拔3000米，这一高度绝无仅有，谁也无法超越；你离我们太远，只闻名，难接近，远行千里，才能与你相遇。

你奔腾不息，永无止境，千年冰川成为你永不枯竭的源泉，淙淙清泉汇入你滚滚洪流。

你有奔腾的力量，一往无前，千年不停，汹涌澎湃，只因你站得最高，无人能与你比肩。

你清澈无比，一眼见底，只因为冰川融不完，清泉流不断。

你有长江的豪迈，你有黄河的深情，你有冰雪的纯洁，你有山泉的清澈，你有卫士的忠诚，你有大海的情怀。

蓝天白云，雪山绿树，构成护卫你的铜墙铁壁；清泉潺潺，百鸟齐鸣，峰峦叠翠，满目美景，人间天堂，把你打扮得如此美丽。宁静的世外，你在低声向我们诉说心声。

我们前行，需要有奔腾的力量，跨越障碍，荡涤污秽，一往无前，永不回头，你给了我们启迪，给了我们力量，鼓舞我们奔腾前进。

再见了，雅鲁藏布江，我们一定再来看你，与你倾诉别后的思念。衷心祝福你，雅鲁藏布江，继续你千年的航程，让人类更加珍爱你，让我们永远牵挂你！

# 高原边陲小城——林芝

从成都乘飞机到林芝，再由林芝乘车到拉萨，这是我们这些首次入藏人的安全路径，这样对高原有个逐步适应过程。

夜宿在林芝，晚上有雨，雾茫茫一片，早晨起来，漫步城外，空气清新。度过了在高原的第一个夜晚后，便更有信心去迎接不断加大的考验，最终实现到拉萨的人生梦想。

林芝在西藏的东南部，平均海拔3100米，有"太阳宝座"之称，藏语即太阳升起的地方。林芝面积约11.5万平方公里，人口20万左右，景色秀丽，风景点多，有西藏江南的美称。

说她是个小城，是因为虽然林芝是地级市，但城区规模很小，人口少，规模与人口比不上内地的一个县城。

林芝的夜晚，在这个季节常有雨，大雾降临，雾茫茫一片，什么也看不到，仿佛就是雾的世界，置身在这里，好像进入神秘的梦幻之境。

林芝的早晨，空气清爽，阳光透过雾，穿过雪山，照亮着城市。是云，是雾，绕着山峰，呈现千姿百态的美景，让人不舍离去。

林芝与祖国的现代化同步，建筑现代化，宾馆高档化，生活便捷化，唯一不同的是永远的云，不尽的雾，千年永在的雪山，内地永远无法具有的安宁，这份安宁，更多的是心灵的安宁。

# 巴松措，美得不敢看

巴松措，是著名的国家森林公园，是著名的 4A 级风景区，现在正申请 5A 级风景区。从林芝到巴松措，只有约 120 公里，由于在修路，因此开车花了两个小时。车行中路两边风光无限，天高云淡，白云朵朵，千姿百态，泉水清清，秀色无边，两小时的时间不知不觉就过去了。

巴松措就是巴松湖，在藏语中，措就是湖的意思，巴松措是地震形成的堰塞湖。

巴松措的景，是最美的。这里，蓝天、白云、雪山、森林、高原、草地、高山、湖泊、清泉等，应有尽有。这分明是上帝的安排，上天的主意，否则怎么会有如此多的精美元素都聚在这儿。

巴松措的水，是最蓝的。一般都说是蓝天绿水，但到了巴松措，就会发现这种描绘不准确，这里的水是蓝色的，是深蓝的，而天空是蔚蓝的。两种蓝在明媚的阳光照耀下，在朵朵白云衬托下，光彩照人，魅力无限，一种无法替代的美，一种从没有过的组合，闪烁在我们的眼前，这就是巴松措。

巴松措的水，是最纯的。纯得让你不忍心亲近她。泛舟在巴松措，是那么愉快，雪山、高山，包围着巴松措，森林、草场，护卫着巴松措。宁静的湖面，清澈见底，深蓝色的湖面，如同一面镜子，平静发光，轻舟在湖面上划过，留下一道道涟漪，激起阵阵白色的浪花，很快湖面就恢复了平静。

　　赶快照，尽情拍，留下这最美的景，摄下这最美的照，把青春的倩影留在这儿，把美好的舞姿留在这儿，把珍贵的记忆留在这儿。

　　看不够的美景，照不完的镜头，美得让我不敢看，纯得让我不敢近，清得让我不敢污，恋得让我不愿走，爱得让我再想来。

　　巴松措，我们还会再相会，相会在梦里，相会在美好的记忆里，相会在快乐的时光里，相会在永恒的思念中。

# 海拔 4200 米

从林芝到拉萨，途经松多镇作停留，吃午饭选择了这家川西饭店。坐下后一查这里的海拔是 4200 米，怪不得在 15 分钟前突然开始感到呼吸急促，同行的朋友们也有反应，脸色有些白，呼吸有些急，原来海拔已经很高了。

4200 米，这海拔比拉萨的 3600 米还要高，经历这个挑战，为到拉萨做好充分准备，这个海拔是我人生到过的最高海拔。

人是可以逐步挑战自己所能承受的极限的，关键是要有勇气，要有准备，要有步骤，不能太急，太急了，身体承受不了，必然失败。

发展，同样有瓶颈，同样有挑战，要突破瓶颈，突破极限，同样需要有勇气，有智慧，有步骤。

最关键还是要有行动，如果没有实际行动，一切还是空的，一步实际行动比一打纲领更重要。

可口的川菜，为身体增加了能量，为适应高原反应增加了动能。听店主老乡说，再过 28 公里，要翻过米拉山，海拔 5000 米，这以后就海拔越来越低了，离目的地拉萨越来越近了，这时飘起了雪花，我们必须加油赶路，争取接受更大的考验。

在 4200 米海拔，在短暂的空隙，留下这段记忆。

# 终到拉萨

从松多镇再出发，翻越海拔 5000 米的米拉山，再经墨竹工卡后，进入到拉萨的高速，很快就到达拉萨了。从林芝到拉萨正在修高速公路，如果快，年底能通车，现在的路特别不好走。一路上与正在修建中的高速路经常相遇，看到建设者们（大都是央企中铁、中交系统的）正在加快建设，也由衷感到党和政府对西藏人民的关心与大力关怀之情。

汽车进入拉萨，很快经过布达拉宫，心中向往的圣地就出现在眼前，眼前突然一亮，拿起手机就抓拍，感到布达拉宫是宏大的，但广场周边与之有点不太协调，远没有天安门广场的宏大气势。还未到布达拉宫去朝拜与仔细看，显然还没有真正的发言权。

到了拉萨，拉萨的天气很好，由于在林芝待了两天，还经过了松多海拔 4000 多米与米拉山海拔 5000 米的考验，我很适应拉萨的气压了，一点没有压力，一点没有缺氧的感觉，当初的恐惧心理一扫而光。

拉萨是久仰的圣地，是神圣的地方。悠久的历史，崇高的地位，无人能取代。然而由于对高原反应的恐惧，我一直没有敢前往，这次在太太的安排与坚持下，我与朋友们来了，做好准备，迎接挑战，挑战某些极限，是有可能成功的。

今天晚上，拉萨的朋友们为我们举行了欢迎晚宴，气氛十分热烈，感情十分真诚，无意中便有重要合作开谈。

人的一生，非常宝贵，十分短暂，什么也不敢去尝试，什么也不敢去做，很可能一事无成，会失去机会，碌碌无为，虚度一生。

人生的精彩，在于勇于探索新的未知，在于勇敢迈向新的领域，在于勇敢接受新的挑战，在于勇敢接受新的事物。

人生需要快乐，否则人生还有什么意义。人生的快乐，在于敢于冒险，在于勇敢把握机会，这机会稍纵即逝，永不再来。

人的一生，要不断结交新的朋友，要不断探索新的未来，只有这样，人生才能永放光彩。

人的发展，必须要有机会，这机会无处不在，无时没有，机会就在身边，在生命的每一个时分。

一切的可能，都是来自不可能，所有的不可能，在顽强的努力下，在坚定的意志下，都有可能成为可能。

精彩，总是在后面，序，永远不是高潮，未来，总是精彩纷呈！

# 秦淮人家

秦淮河旁，留下历史的记忆，千年风云，曾记否，留下多少伤心事。今日历史风貌依旧，繁荣胜当初，小桥流水，船儿划行，两岸新貌，琴声响，歌声飞，飞入寻常百姓家。

有多少文坛骚客，在这里留下笔墨，指点江山，激扬文字，写下千古文章，挥就不朽诗篇，照耀历史天空，成为千年永恒流传的佳话。

又有多少学子，在这里寒窗十年，决战科举考场，一朝成名天下知，留下多少美传，成为国家栋梁，写就历史，成为永远闪耀的历史巨星，后人永瞻仰。

文德桥两边，虽近在咫尺，却相隔遥远，泾渭两重天，贡院出名利，一朝成名，成就人生大业，光宗耀祖，报效国家。风月场，动荡年代之写照，社会之缩影。

霓虹灯下，秦淮河旁边，夫子庙旁，万人涌动，处处快乐情，张张幸福脸，争睹美丽夜景，抢拍快乐瞬间，繁华更胜一筹。太平盛世，和平年代，和谐社会，青春处处显，今日祖国，洗去历史尘埃，展现强大活力，创造新的生活。

秦淮人家，一张永恒的历史文化名片，文化历史的光辉象征，社会发展的缩影，穿越历史星空，繁荣南京，成就中华。

# 成都，早晨美！

夏日里，早晨起来，室外空气格外清新，我们家在成华公园旁，充分享受成华公园绿色的世界。

这里，绿化的设计具有一流水平，人工山地起伏，森林树木与草地辉映，公园内水流成溪，旁边是清澈的府南河，看了这些照片，你也许会认为不是国内，怀疑是在发达国家。

早晨，散步在公园里，身心放松，晨风轻吹，阳光初升，朝霞金辉，鸟儿齐鸣，歌声悠扬，满目绿色，流水潺潺，仿佛进入一个梦幻的乐园，感受成都早晨的美丽，祖国的美好。

这儿，早晨中老年者居多，他们起得早，晨练是他们的必修课，这儿是他们必到的地方。除了锻炼外，这儿还是他们聚会的场所，他们谈国家形势，谈国家政策，谈奇闻逸见，谈美好生活的变化，谈国家又给退休职工如何涨工资等。

晚上散步的好处是很多的，一直努力在做，而晨练则是最近才喜欢上的。晨练，即使是 30 分钟，也很重要，无论是对于一天精气神的提振，还是对于健康的促进，或是对于美好生活的感受，都是很有意义的，不妨，你也试试。

# 今夜黄山有雨

从合肥来黄山，出席第二届太阳能发电追踪技术大会，老友新朋，亲热无比，热闹非凡，似久别重逢的战友，如分别已久的亲人，有太多的话要说，有太多的情要诉。

晚上，主人在啤酒木屋用家宴自主招待，为大会增添欢乐。啤酒木屋依山傍水，位置很好，放眼望去，绿色葱葱，清澈的河水穿越而过，颇有些世外桃源的感觉。这时，外面开始下雨，而且越来越大，但搭起的棚子挡住了大雨，大家举杯畅饮，畅叙友谊，洽谈合作，气氛热烈，完全不受雨的影响。而饭后的高歌一曲，争先恐后，更是把气氛推向一个高潮，更是别具热烈景象。

雨，一直在下，一直也没有停，好像在特别欢迎我们到黄山，或许在黄山，下雨已成经常事。

黄山的雨，是思乡的雨。这雨给人更多的思念的情怀，这雨多么像江南的雨，多么像天府之国的雨，多么像梦中的雨。

黄山的雨，是甘露。春雨贵如油，这雨滋润大地，美丽黄山，使黄山景更美，山更绿，水更清，天更蓝。

黄山的雨，是催人的雨。雨使人更加清醒，更加奋进，更加勇敢，更加一往无前。

　　黄山的雨，是决战前的动员。进军的号角已经吹响，全面反击的行动已经开始，这场战斗，只能打赢，这场战斗，已经打响。

　　下吧，大雨，让大雨来得再猛烈一点吧，我们在雨中洗去的是尘埃，换来的是新装。

　　下吧，大雨，所有的烦恼都会被雨水冲掉，把烦恼留在雨中，留在历史，换来的是轻装。

　　下吧，无论风，还是雨，阳光总在前，风雨过后，必定是美丽的彩虹；乌云过后，必定是朝霞满天！

# 黄山云海

在黄山出席会议期间，再次登上美丽的黄山。

黄山素有"五岳归来不看山，黄山归来不看岳"的美誉。

黄山的云海，是黄山最美的景色。云以山为体，山以云为衣。山峰雾绕，云海茫茫，云涛汹涌，风光千姿，景色百态，十分迷人，身临此处，如坠仙境，似入梦幻，一切都置之度外。

黄山的云海，是最真的自然景色。人与自然的近距离接触，成为可能。美丽的云海，想你时，你在天边，想你时，你在眼前。美丽的云海，从来没有这样接近；多变的云雾，从来没有这样亲切。

黄山的云海，是最具梦幻的云际。时而云海滔滔，时而云散雾开，时而乌云密布，时而阳光再现。腾云驾雾在其中，穿雾破云不是梦，常在云海中进出，常在云雾中隐没。

黄山的云海，是白色的世界。白茫茫一片，浩瀚无际，深不可测，变化多姿。时而云海遮阳，乌云漫天；时而云开雾散，彩云当空。在尽情变化中，形成万千气象；在不断交替中，组成千姿百态。这肯定是大自然最美的图画，这肯定是大自然最佳的组合，这也是心中最真的期待。

黄山的云海，是纯色的世界。这里没有污染，这里是天然的美，这里是纯色的贵，这里是爱的倾诉，这里是心灵的呼唤，这里是不舍的留恋。

美丽的黄山，千里寻你，与你匆匆相聚，然后匆匆又别。还未触摸你，就要离开你；还未细看你，就要告别你。见亦难，别亦难，相思到永远。

美丽的黄山，想念你，想念你的云海，想念你的美丽，想念你的纯洁，想念你的多姿，想念你的多情，想念与你的相遇，想念与你的亲近……这一别，不知何时再见；这一别，换来的是永远放不下的牵挂；这一别，换来的是无尽的相思；这一别，成为梦中永远的爱恋。

# 扬州的风情

已经很久没有来扬州了，这次因事再次踏上扬州城，重温过去的感觉，又增加了些新的印象。

首先是古镇东关街。我们这次住宿安排在街南书屋，就在东关街上，街南书屋充满文化气息，书与杂志摆满了大厅与房间，精美的封面装饰，让你忍不住翻开书看两页，而遇到好看的，则非看下去不可。

东关街是扬州著名的古街道，这里商铺林立，行当齐全，名居荟萃，名胜比比皆是。虽然由于会程很紧，在街上的时间也少，但还是能感受到老街上浓浓的古镇味，深深的历史烙印，芬芳的扬州风情，每一个店铺都是历史的见证，每一个店铺都有深厚的文化内涵，让你不忍离去。在古街上体验扬州人修脚的功力，是一种放松的享受，真是名不虚传。扬州的三把刀，成为旅游名片，成为扬州招牌。古街上，扬州的文化风情浓浓的，让你很难不被感染。

再到瘦西湖，由于天气热，时间是 5 月末，错过了大诗人李白说的"烟花三月下扬州"的最好季节，也没有了雨中扬州的特别感觉，但找到了另外的感觉，特别是在毛主席书写的唐代著名诗人杜牧的名篇"青山隐隐水迢迢，秋尽江南草未凋。二十四桥明月夜，玉人何处教吹箫？"的石碑前驻足长思，毛主席虽然没有来过扬州，但他老人家是喜爱扬州的，否则他是不会亲自抄写这首名诗的。虽然现在看二十四桥是如此普通，但一经名人笔下，即光彩耀世传千秋万代，可见，名人的效应可穿越历史时空，是我们无比珍贵的财富。

再看博物馆，仿佛重现数年前旧景，如今人已非，景仍在，物更美，一切都是过眼烟云，唯艺术经典永存；一切功过是非，唯有历史评判；一切随风而去，唯有美好记忆永存。

扬州的风情，存在于瘦西湖，存在于扬州八大怪，存在于扬州三把刀，存在于扬州东关街，存在于扬州古运河。

扬州的风情，是我们对扬州辉煌历史的怀念，对扬州灿烂文化的憧憬，对那个诗人云集文人辈出年代的向往，对那个烟花似锦岁月的眷恋。

# 文景山公园

　　文景山公园在西安火车北站的东北侧。在出席中国电子咸阳 8.6 代液晶面板生产线项目工艺设备搬入仪式后，下午去了西安文景山公园，倒不是白天去逛公园，而是非常想看看文景山公园是如何由建筑垃圾变成美丽景点的，而且这一设计是由我们西安分院完成的。西安分院随着文景山公园的投入使用，与文景山公园一起，名声大震，成为这一类设计的先锋，因此在听取多次汇报后很想亲眼看看，亲自感受。

　　我与晨华、康萌、集庆、杨睿同志一起前往，晨华与康萌同志是当时的主要设计负责人。我们很快就来到了文景山公园，受到公园管理处王学礼处长的热情接待，他详细地介绍了项目的进展情况，充分肯定了我们在设计中的创新，还多次提到陈巍同志，我们因此通了话。王处长在介绍后，在烈日下陪我们走遍公园。在参观的过程中，王处长向我说了很多建设过程中的情况，通过介绍与参观，一幅比较完整的文景山公园的图画浮现在我的眼前，使我多了几分新的思考。

文景山公园是西安市委、市政府的一个重大的、有远见的决策，是为了解决挖沙留下的众多沙坑，主要利用建设西安火车北站留下的大量建筑垃圾而就地建设的。总占地439.5亩地，从2011年开始建设，现在已经完成了总规划的约4/5，已投资3亿元，还会投1亿元左右。公园从去年9月开放，参观的人很多，特别是全国各地来取经的人，可谓络绎不绝。

漫步在文景山公园，绿色葱葱，空气清新，小桥流水，满是湿地，山水辉映，疑似进了名胜风景区，仿佛进入仙境。

登高远望，脚踩绿色，实踏垃圾，城市风景尽收眼底，古代明渠就在脚下，现代都市风光无限，高铁通，城际行，通四方。

游走在文景山公园，走进了一座城市公园，这是城市多么难得的栖息地，是多么珍贵的乐园，一切是那么美好，一切是那么宝贵。

设计，化腐朽为神奇。垃圾是公害，是腐朽的，但在人们精妙的设计下，腐朽转化为神奇。设计，是上帝的手；设计，是自然的剑。

智慧，变害为利成大业。垃圾是有害的，但人类的智慧可以化害为利，变害为宝。

一切皆有可能，在人类的智慧下，一切都是美好的。

文景山公园的意义，在于人类如何变废为宝，变害为利，如何让环境变得更美好，世界变得更精彩。

# 盐官观潮

昨天是周日，上午，嘉兴绵绵细雨，离晚上金达·爱德杯国际散文诗颁奖还有一段时间，我在学良的陪同下，先参观了著名翻译家朱生豪的故居。朱生豪是中国伟大的天才翻译家与著名诗人，莎士比亚的伟大作品由他翻译到中国，在外国朋友心中，他称得上中国最伟大的翻译家，在那个风雨飘摇的年代，在如此差的条件下，准确翻译出如此艰深的文学巨作，是非常了不起的伟业。

从朱生豪故居出来，我们去海宁，拜访芯能的老总，推动双方的合作，中午顺便看看闻名的钱江潮。

原来以为观潮每年只有八月十五，到了这里才听说每个月都有大潮，每天都有小潮，大潮的时间是每月的初一到初五，十五到二十。突然听说能看到心中久久向往的钱江潮，内心一阵激动，多年的愿望，看来今天就要实现了。

中午时分，在与芯能张董事长见面后，我们在芯能章总、施经理、褚经理的陪同下，来到盐官钱江大堤，我们边用午餐边等，等候钱江潮的到来。章总是当地有名的企业家，他曾陪同很多领导与名人观看过钱江潮，他娓娓道来，我心驰神往，用心听讲，获益匪浅。

盐官是历史古城，有2200年的悠久历史，这里名人荟萃，徐志摩、王国维、金庸、三代丞相世家陈氏家族等，都出自这片土地。

盐官作为世界闻名的观潮胜地，一代伟人孙中山与毛泽东都在这里留下足迹。毛主席曾在1954年春第一次来这里观潮，1957年9月11日再次轻车简从来到这里，回去后即挥毫写下《七绝·观潮》的光辉诗篇："千里波涛滚滚来，雪花飞向钓鱼台。人山纷赞阵容阔，铁马从容杀敌回。"这首诗最早发表在《党的文献》1993年第6期，毛主席借潮喻时，表达了伟大领袖的宽阔胸襟与雄伟气魄。

盐官是一线潮，潮水汹涌澎湃，但观潮很安全，而离这里不远处的老盐仓，则可以看回头潮。这里热心的服务员把最近在老盐仓回头潮的视频发给我看，我发现回头潮更刺激，浪更大，情更险，必须注意保持足够的安全距离，否则有危险。我也把这段视频转发给大家，让大家共享。

午饭时分，奔腾的钱江潮水涌来，从远到近，潮水很快就冲到了我们的面前，构成奇特的景观，我们内心充满惊奇。

潮水，一浪高一浪，一浪胜一浪，惊涛拍岸，形成了汹涌的浪花，构成了一幅壮美图画。

潮水，一浪推一浪，后浪更比前浪高。后生可畏，新人难挡，一代更比一代强。

潮水，势不可挡，威力无比。自然界的力量是无法阻挡的，历史的规律是不可抗拒的，世界浩荡，顺势者昌，与时俱进者强，逆潮流者亡。

潮水，就是发展的机会，前行的引擎，要前进，必须要与潮水同行，否则只能倒退而无法前行。

潮水，要等候，不能太急，太急了没有用，要耐心等候潮水的到来。急，是不行的，也没有用；慢，也不行，大潮呼啸而过，很快会错过机会；准确判断，大胆把握，顺势而行，此为成功的关键。

潮水，要顺势而为，趁势而进，勇于创新，大胆把握历史机遇，在历史大潮中立于潮头。

潮头，有宽阔的视野，不尽的机会；潮头，要有大胆的勇气，无畏的胆略；潮头，有无限的风光，最美的风景。

努力吧，历史的弄潮儿，走在历史的前沿，站在历史的高度，屹立在历史的潮头，把握历史的机会，描绘最新美的图画，拍下最险峻的镜头，书写最辉煌的篇章。

# 城南庄往事

　　因工作原因，今天（7月6号）来到阜平县，见到了专程从保定赶回来的刘县长，在戴常务副县长与玉东局长陪同下，我们冒雨考察了正在建设中的规模庞大的阜平梯田产业园及相关配套设施，我们对阜平县领导的宏大魄力深感佩服。在玉东局长的热情陪同下，我们参观了晋察冀边区革命纪念馆、城南庄毛主席旧居、花山村毛主席旧居，后又来到了我们投资的光伏扶贫项目现场，看到项目进展顺利，心中很是高兴，能为阜平人民做些事，这是无上的光荣。

　　我是第一次来阜平，但阜平的知名度与重要性是不言而喻的。阜平是晋察冀军区司令部的所在地，聂荣臻同志作为主要领导在阜平生活战斗了11年，为华北的解放做出了很大的贡献，毛主席亲自授予以阜平为中心的晋察冀边区"模范抗日根据地"的光荣称号。当时，新华社曾向全国抗日根据地发出"坚持抗战，需向阜平看齐"的号召。

　　晋察冀边区是指晋（山西）、察（察哈尔，现在分属内蒙古、河北）、冀（河北）三省交界处，是第一个抗日敌后根据地，在敌人心脏，抗日斗争的前沿，抗日战争期间，共发生战斗32000次。晋察冀边区在抗日战争期间创造了很多脍炙人口的抗日经典，地道战、地雷战、白洋淀的故事后来被改编成了经典电影，《地道战》《小兵张嘎》的原型均出自这里。

晋察冀边区还创造了政权建设、金融财政建设、土地改革等方面的成功经验，各个方面都做得好。在文艺方面集合了邓拓、周扬、成仿吾、沙可夫、萧三、丁玲、刘白羽、艾青、周立波、田间、贺敬之、魏巍、孙犁、康濯、秦兆阳、杨朔、杨沫、崔嵬、汪洋、周巍峙、丁里、凌子风、吕骥、李劫人、曹火星等一大批名人，这些名人，照亮了华北的文艺星空，也照亮了新中国的文艺星空。如此多的巨星云集在晋察冀，活跃在抗日斗争前线，深入火热的斗争生活，经典作品频出，是中国乃至世界的奇迹，是落实毛主席在延安文艺座谈会讲话的光辉成果。

阜平的有名，除了上述原因外，还有一个更重要的原因，就是在全国解放战争进入反攻的重要时刻，我们敬爱的毛主席与周总理率领中央机关由陕北路经山西，于1948年4月10日来到阜平境内，在西下关路居住一夜，第二天到达城南庄，住在晋察冀军区院内。5月18日转到花山村，5月26日离开阜平前往平山县西柏坡，毛主席在阜平住了整整46天。

毛主席在阜平的46天是中国革命解放战争进入到战略反攻的关键时刻。毛主席在阜平期间，先后召开了中央书记处重要会议，决定了解放战争的重要事项；主持召开了军事汇报会议，参加的有周恩来、朱德、任弼时等领导同志，还有从华北战场上远道赶来的陈毅、粟裕将军，会上决定由邓小平、刘少奇同志分别任中原局与华北局书记，决定5月底中央移驻平山县西柏坡，开始组织辽沈、淮海、平津三大战役。毛主席还接受了粟裕、聂荣臻同志关于人民解放军先不过江，而是在江北发动一些战役，歼灭蒋介石的有生力量后再过江的建议。这个战略决策十分重要，否则解放战争不会如此顺利，后来发动了闻名的豫东战役，取得了胜利。毛主席在阜平期间，关注土改与整党工作，亲自起草了《新解放区农村工作的策略问题》《一九四八年的土地改革工作和整党工作》两个文件；毛主席在阜平期间，还亲自起草了《纪念一九四八年五一劳动节口号》，第一次具体描绘了新中国的蓝图。

毛主席在阜平期间，由于在内部潜伏的蒋介石特务的泄密，遭遇了一次很大的生命危险，但也如他老人家以前遭遇的危险一样，都在人民的呵护下，大难不死，顺利脱险。

那是5月18日凌晨，城南庄上空突然出现国民党的一架侦察机，随后又飞来一架B-25轰炸机，聂荣臻司令员高度警觉，马上采取措施。他大步来到毛主席卧室前，主席晚上通宵写作一晚刚睡着，主席不想走，情况非常紧急，聂荣臻司令员与赵尔陆参谋长硬把主席放到担架上，由秘书与警卫员将主席抬进防空洞。刚抬进不久，就有一枚炸弹在主席住的小院爆炸，非常危险。毛主席当天就从城南庄搬到十里外的山沟小村——花山村。后来在1949年4月大同解放时才查出那是潜伏在晋察冀军区司令部的小伙房司务长、国民党特务刘从文与烟厂经理、国民党特务孟宪德所为，后经审判，这两个国民党特务被枪决。

在雨中瞻仰了毛主席在城南庄的旧居，又顺道在城南庄10里外的花山村毛主席旧居前短暂停留，心中思绪飞扬，心中思念不断。主席在如此简陋的民窑里居住与办公，却胸怀全国，放眼世界，运筹帷幄，决胜于千里之外，指挥千军万马进入战略反攻，挥师逐鹿，直捣蒋家王朝心脏。

生活简陋，使命重大，雄心胜似万夫强。用铁的决心，钢的意志，集中力量最后一击，摧毁蒋家王朝的最后防线，实现中华民族摆脱苦难的神圣旅程。

土窑洞里，真正马列。从延安到阜平，从阜平再到西柏坡，窑洞里是永远不灭的灯火，笔底是永远不停地飞扬，智慧超群，忍受力超强，领袖魅力无限，精力无穷，目光远大，精心描绘共和国新的蓝图，思想引领人民前进。

谈笑看生死，领袖无畏。无论是大柏地的决战，还是血染湘江；无论是在艰难的红军长征，还是在转战陕北途中的生死风险；无论是五台山风雪之夜的车行风险，还是城南庄的特务阴谋，都挡不住您前进的步伐，挡不住您的光辉。您敢冒一切风险，勇退一切敌人，粉碎一切阴谋。毛主席因人民的重托，一切一切的危险，您都付之一笑，置之度外。

这就是人民的领袖，这就是真正的英雄，这就是中华民族千年永垂史册的伟人，这就是人民心中永远的丰碑，我们敬爱的毛主席。

# 内蒙古的早晨

昨天中午由成都到达呼市，在忙碌了一天后，晚上终于可以安静地休息。早晨起来，迎着初升的太阳，在晨风中开始步行锻炼，这个时候，想起曾经在内蒙古艰苦岁月里的那些早晨，那是边关的早晨，塞外的早晨，是难忘的青春回忆。

内蒙古是我的第二故乡，我是 1969 年 6 月 18 日到达内蒙古生产建设兵团一师三团二连的，后来在 1973 年 9 月离开，一共 4 年 3 个月。我在兵团度过了 1000 多个早晨，特别是在二连的那些日子，早晨是特别美好的，令我记忆深刻。那时流行着一首歌，至今都不能忘，歌词写道：

朝霞

映红了祖国的边疆

汽笛在塞外

晨风中回响

幸福的列车呀

在轨道上奔驰

军垦战士的心

早已飞向伟大祖国的首都

毛主席的身旁


　　这首歌，伴随我在二连的那些岁月，伴随我在兵团的那些日子，特别是迎着朝霞，一个人行进在路上执行公务时，必唱这首歌。那时，一切都是美好的，一切都是单纯的，一切都是梦幻般的。

　　离开内蒙古兵团 40 多年了，对内蒙古时刻惦念在心。记得在 2007 年，我、胜春、白焰、晓春，我们一起陪张汝京先生就多晶硅项目的事来到内蒙古，那时我是初次到呼市（在兵团几年里没来过呼市），后来去了巴彦淖尔市（市所在地已到了临河），巴市的书记与专员亲自用烤全羊款待了我们，我与胜春、白焰、晓春一起到了二连的原址，我曾留下几首诗篇。

　　后来，由于项目上的原因，来内蒙古的次数多起来了，特别是内蒙古作为硅材料与光伏发电的重要基地，一下子与十一科技的业务发生了某种天然的紧密联系。在成达的帮助下，先是作为中国成达的一个下包方，承担在多晶硅初期大名鼎鼎的神舟硅业后工序的一部分。那时呼市小南国饭店厂商云集，宾客川流不息，热闹非凡，因为这是神舟硅业几千吨多晶硅的总包商成达的居住地，几十亿的分包要从这里决定，自然是来往人员密集，小南国一时成为一个热闹的中心，我也住过小南国几次，感受到那种繁忙的气氛。后来，在新光硅业的支持下，我们承担了内蒙古鄂尔多斯国电晶阳 3000 吨多晶硅的设计，我也多次来往于鄂尔多斯。

以后，随着中环股份挺进内蒙古，在超过百亿的巨量投资中，我们作为中环最信任的工程设计总包商，承担了 1 到 4 期的设计与总包。在中环与全体建设者的努力下，如今内蒙古中环成为全球最大的单晶硅生产基地，内蒙古中环的现代化厂房，一期比一期漂亮，成为呼市最漂亮的厂房，成为领导视察必到之地，也成为行业的标杆。

以后，利用难得的机会，我又主导决策十一科技在内蒙古投资光伏发电，投资 15 亿，拥有 7 个电站，同时在呼市的内蒙古自治区政府旁的绿地开发的腾飞大厦购房，设内蒙古分院。内蒙古分院在才志的领导下，在马云、志超、义桃等同志们的开创下，发展迅速，团队强大，成为十一科技在华北的重要一翼。

内蒙古是我成长的地方，也是十一科技最大的投资聚集地，是十一科技的福地。

这或许是一种缘分，一种上天的安排，无论如何，这一切都是现实，也是作为一个曾经的内蒙古兵团战士的心愿，希望为这块曾经哺育我成长的故土奉献一份真诚的爱。

沿途走来，庆祝内蒙古自治区成立 70 周年的大红标语随处可见，全区上下都充满浓浓的节日气氛，听说 8 月 8 号那天，中央要来领导祝贺，内蒙古作为蒙汉合作的典范而得到各界的一致肯定，作为一个兵团老战士，提前祝您生日快乐。

早晨，是美好一天的开始，内蒙古，祝你早上好！内蒙古，祝你永远有新的开始！

# 三岔湖的夜晚

应朋友们的邀请，再次来到美丽的三岔湖。

三岔湖的夜晚是宁静的。没有了白天的喧闹，没有了白天熙攘的人群，由于开发正在进行，配套也不够，因此，晚上在湖里各岛上住下的人不多。因此，晚上在三岔湖是特别的安静，在安静中有一种特别的感觉，这是心灵难得的宁静，这就是在宁静中幸福的感受。

三岔湖的夜晚是美丽的。太阳落山的过程，浓浓的晚霞构成一幅幅美丽的图画，千姿百态，用手机拍下这美丽图画，没有重复，但都有特色，美丽在变化的瞬间中展现，都无法替代，每一幅画都是一个景，景与景的天然组合，景与人的自然组合，在一抹晚霞下，是那么的美丽。这样的景，在城里是没有的，城里密不透风的建筑，挡住了晚霞，挡住了风景，挡住了视线，是不会有这样的美景的。

三岔湖的夜晚是多情的。浓浓的美酒，热情好客，在宁静的夜晚，在快艇的偶尔穿梭中，在群山怀抱中，在宁静的湖面，在经历暴风雨的洗礼，在经历人生的大考，在雨后彩虹中，与亲人同聚，与友人痛饮，与朋友高歌，面向大自然，面向宽阔无边的湖面，心中腾升起对自然特别的爱，对生活特别的爱。

三岔湖的夜晚是难忘的。生活之树常青，热爱生活，热爱自然，热爱亲人，热爱朋友，热爱同事，都是事业的基础，发展的根基。在经历了风雨后，景色不是更美吗？生活的信念不是更坚定吗？对感情的珍惜不是更深吗？对爱的理解不是更广吗？

一切的爱，源于自己永远不变的信念。一切的爱，在风雨中经历考验，受到洗礼。一切的爱，在这个特别的夜晚。

# 寺院一夜

昨天是周末，已到峨眉山佛学院的朋友，约我们去那里看看，他们也是成都人。抱着好奇，同时也想会会这几位很久未谋面的朋友，下班后我和太太出发了。

峨眉山佛学院在峨眉山市，成立于1927年，具有十分悠久的历史，后因各方原因停办，以后逐步恢复，特别是改革开放后，宗教事业得到特别重视，经国家宗教局批准，扩大规模，与四川佛学院合并，2007年正式迁入峨眉大佛寺（现称大佛禅院），从那开始，学院规模迅速扩大，现在是西南地区著名的佛学院，以培养中高级佛教人才为主。

从成都到峨眉山佛学院，用了2小时多一点。到了那里，天色已黑，已是晚饭的时候了，客随主便，就和朋友们在那里吃素食晚餐。在成都，除早餐外，顿顿丰富，突然吃一顿素食，有些不习惯，但体会一下也未必是坏事。

晚饭后，朋友问住哪里，我说希望在外面住，但朋友说，最好住这里，寺院这里的条件也不错，同时你感受一下，也是个经历。

虽然一听说住寺院，感到很突然，从来没有这样想过，也没有思想准备，但觉得朋友的意见也有道理，就再一次客随主便了。突然想到，原先想在红珠山宾馆泡个温泉，同朋友们一起聚聚，放松一下的愿望，今天看来是实现不了了，今夜注定是特别的佛事体验日，必须要有思想准备。

晚饭后，由有名的法师带领、一批热衷于佛事的朋友参加，纵论佛事与股市，而我对这些都没有兴趣，就在边上听着，感受着。

不到晚上 10 点，必须要睡觉了，这是学院的纪律。外面下着不小的雨，在法师的带领下，在空旷无人的大禅寺里去找住宿，如果没有法师带领，一定会迷路，因为大禅寺对不熟悉的人来说，犹如迷宫，特别是晚上，更是如此。

在去住宿的路上，寺院内安静如水，一墙之隔的外面，灯火辉煌，热闹无比，那里的人们在享受现代生活的快乐与繁忙，而这里是另一个世界，这里的人们以静、善、诚、美等，创造另外一个世界。这世界已存在数千年，信徒众多，在世界各地，他们使我们生活的空间更加丰富，使人类心灵更加美丽，使世界更加美好。

夜晚，睡在不亚于三星级宾馆的床上，外面淅淅沥沥不停下着雨，久久不能入睡，想着外面精彩的世界，看着这里虔诚的人们，我们该如何去判断，又该如何选择呢？

今夜下着雨，这雨水在告诉我们，同一片天，有两个不同的世界，两类心灵不同的人，两种不同的世界观，但殊途同归，都渴望和平，都内心善良，都希望世界更美好。

其实，人生的每一步都是选择，既然选择了现在，就应当义无反顾地走下去。

世界，因为多样而精彩；世界，因为人们的善良而更美好。

　　或许，以后一生再也没有机会在寺院住宿，但今天的经历终生难忘，有了今晚，让我更加珍惜外面的一切，珍惜自由的空气，珍惜神圣而光荣的事业，更加尊重一切善良的人们。

# 千年劲吹人祖风

## ——人祖山风景区巡礼

来到人祖山，就被人祖山悠久的历史、神奇的传说与神秘的故事所吸引，伏羲与女娲作为中华民族的祖先，受到永远的尊重。

人祖山上的风，经历了几千年的历史，依然是那样有力，那样猛烈，那样能穿透人们的心窝。

人祖山的风，是历史的风。这风跨越数千年，甚至上万年，依然这样清爽，使我们的记忆回到过去，回到那个充满想象的年代，看看前辈们曾经怎样生存，怎样与自然斗争，在这片神奇的土地，在这片神奇的山脉，在先祖圣人女娲的带领下，开创人类的历史。

人祖山上的风，是创造历史的风。柿子滩考古的发现，使人祖山千年的传说变成现实，使伏羲与女娲成为我们真正的祖先。传说，往往是事实的先导，发现，则必然把传说变成现实。人祖山，你就是这样神，千年传说变真，万年历史永在，你就是中华文明第一山。

人祖山的风，是自然的风。这里满目青山，遍地绿色，郁郁葱葱。我们的祖先就生活在这里，生活在大自然的怀抱里，是大自然养育了我们的祖先，养育了我们，大自然永远是我们的母亲。

人祖山的风，是正义的风。无论是古代的战斗，还是抗日战争的烽火，留给人祖山的是民族的勇敢，可歌可泣的辉煌，这辉煌激励我们后代人，为人类的生存，为民族的尊严，为子孙万代的幸福而奋斗。

人祖山的风，是新生的风。新生的一代，在这里高举创新的旗帜，在一代巨人耿世文的带领下，吹起开发建设人祖山的新风，用前所未有的宏大魄力，唤醒沉睡千年的人祖山，使沉睡千年的巨人苏醒，和我们现代人一起奔向光明未来。

站在人祖庙前，思绪仿佛再一次回到那个遥远的年代，看看我们的伟大祖先，我们有什么理由，不立于世界之林？有什么理由，不成为世界先锋？

# 漠河的风

　　太太小平与几个好朋友去了东北、去了漠河，这是中国最接近北极的地方。由于最近忙，没能同行，很是遗憾，准备今年9到10月间，再踏上东北这块美丽的土地。

　　从东北不断发回的照片看，这个季节，东北确实风光无限，而漠河更是多了一份别样的风光，让人神往。

　　漠河的美，是景色的美。漠河的景色很美，天是格外的蓝，云是分外的白，蓝天白云下，漠河是格外的美丽。

　　漠河的美，是多彩的翠。赤橙黄绿青蓝紫，漠河是多彩的世界，漠河是缤纷繁华的天地，而多彩的世界中，景色艳丽，人比景美。

　　漠河的美，是夏日的凉。夏日里，到处酷暑难耐，烈日当空舞，室外难久留。独漠河气温适宜，清凉世界，清风浩荡，太平世界，虽环球同此凉热，总有仙境世外桃源。

　　漠河的美，是边塞的美。边疆人少，远离喧闹的都市，这里是宁静的世界，这里是一片难得的净土，这里是人们神往的地方，这里人们找到了北。在这里可去除烦恼，在这里寻得安宁，在这里享受快乐，在这里思考未来。

漠河的美，是美女的最。在漠河美丽的景色中，涌入了一支美女队伍，漠河因美女而多骄，美女因漠河而多彩，相得益彰，多彩多姿。美丽俏佳人，犹如岁月回归，青春绽放；活力射四方，如同青春年少，赛过多少年轻人。

漠河的美，是旅行的快乐。与好朋友同行，越野千里，驰骋在辽阔的东北平原，行进在漠河的美丽土地上。有说不完的话，有谈不完的事，有聊不完的天，有看不完的景，有无尽的快乐，有满心的喜悦。

"结庐在人境，而无车马喧。"清风明月，美人美景，耳得之而为声，目遇之而成色。

# 漫步东台西溪

在绵绵细雨中，在友人的陪伴下，出席了东台招商引资会后，来到著名的东台西溪。

西溪位于东台市郊古运盐河畔，是具有 2200 年历史的古镇，系东台历史文化的发祥地，两淮海盐文化的起源地。盐在古代是极其重要的生活必需品与贵重商品，东台临海，丰富的盐资源，使其受到历朝历代格外的关注。

在西溪漫步最先触动我的是北宋三任宰相在西溪的故事。北宋的晏殊、吕夷简、范仲淹三任宰相都曾先后在西溪担任盐官，范仲淹曾以"谁道西溪小，西溪出大才，参知两丞相，曾向此间来"称颂西溪，没想到，他自己成为从西溪走出的第三任宰相。范仲淹主持修建的范公堤在西溪传为佳话，天禧五年（1021 年），范仲淹调泰州西溪盐仓监，负责监督淮盐贮运及转销。西溪濒临黄海，唐时李承修筑的旧海堤已年久失修，多处溃决，海潮倒灌，卤水充斥，淹没良田，毁坏盐灶，人民苦难深重。于是范仲淹上书江淮发运副张纶，痛陈海堤利害，建议沿海筑堤，重修捍海堰。1024 年，张纶奏明朝廷，仁宗调范仲淹为兴化县令，全面负责修堰工程。1026年8月，母亲谢氏病逝，范仲淹辞官守丧，工程由张纶主持完成，后称为范公堤。

三任宰相在西溪亲民廉洁为民办事，留下了极好的口碑，流传至今。人们始终怀着敬意在追思他们，怀念他们，真可谓为官一任，造福一方，清官一生，流芳百世，欲留青史，必清廉之。从古到今，概莫能外。历史总是人民写的，历史总是由后人评价的，想留史的，未必能留，不想留史的，可能永活在人们的心中。当今被揭发出来的贪官或大贪官，道貌岸然，试图留史，把人们当作阿斗，历史总是无情的，历史总是由后人写的，历史的车轮会把一切假面具通通撕掉，还历史于真实，只有一心为民的人，才能得到人民心中永远的怀念。范仲淹"先天下之忧而忧，后天下之乐而乐"的历史名句长响我们耳边，西溪治堤的不朽业绩长留我们心中。

漫步西溪第二个触动我的是董永的传说。东台"董永传说"已在2006年5月列入首批国家级非物质文化遗产名录。全国各地争相做董永传说的源头，这既说明了历史传说对吸引游客的重要性，更说明了董永与七仙女美好的爱情故事长留于世。董永的忠孝感动了玉帝，玉帝派七仙女下凡，成就了这一番壮丽的爱情。这说明爱情是千年不变的永恒主题，抑恶扬善是人类社会的一个主流，而恶有恶报，善有善报则是历史的必然规律。

漫步西溪第三个触动我的是海春轩塔（又称广福寺塔）的变迁。当初，海春轩塔坐落在东台市西溪泰山护国禅寺之西海沟河畔，迄今已有1380余年，由唐代开国元勋尉迟敬德主持修建，塔龄为江苏省58座古塔之最。当初临海而建，是为航运船只提供航标信号，为航运安全而建。传说此塔的塔顶是用一种能驭风的进口宝铜所铸，有了它，台风便能越境而过，故又称为"定海塔"。此塔的建成，给沿海渔民带来了莫大的福音。但现在，由于地壳的运动、气候的变化、人类活动的影响、潮汐的作用，东台的陆地面积逐年增加，每年会新产生一万多亩滩涂地，东台现在是世界上两大淤长型滩涂地之一。经过了一千多年的演变，海春轩塔离海边越来越远，塔的周围早已是大片经过改造后的良田。虽然已经无法行使当初的功能，为航运的船只提供航标信号，但历经千年风雨，宝塔依在，保存完好，成为历史发展的一个见证。不断增加的滩涂地，在新技术的运用下，清洁能源应运而生，风力发电，农光与渔光互补等多种形式的光伏发电，成为综合利用滩涂地的成功尝试，也成为西溪海边一道独特的风景线。我感叹，自然界力量的神奇是人所不能够抗拒的，是不以人的意志为转移的，同时，我也赞叹，人类可以很好地利用自然，保护自然，综合利用自然，使人与自然成为和谐的一体。

漫步东台西溪思考人生，抚今忆昔：立党为公，做官为民，做人向善为本，乃人间美德。寄言立身者，要学正直苗。

# 江南的古镇

漫步在美丽的江南，拾起一道独特的风景，它像珍珠一样撒落在江南各地，把水乡装点得亮丽迷人，这就是江南的古镇。小桥流水，蜿蜒连片，乌篷船穿街而过，划破水中倒映的两岸楼影。古镇是历史的新章，流动着新生活万种风情，这里没有大都市商业的繁华，却像小家碧玉，玲珑剔透，秀美动人。多少年了，古镇依然熙熙攘攘，勤劳而又和谐，洋溢着富庶和文明。

江南的古镇，是历史的窗口。古镇反映着历史的悠远，古镇延续着现代的文明，古镇就是江南特色的博物馆，是风土人情的大全，万千气象，岁月流金，古镇把江南情调表现得淋漓尽致，风情万种，永远青春，古而不老，将丰富的历史演绎得多彩迷人。

江南的古镇，是原始资本的发源地。这里土地肥沃，物产丰富，千里沃野，风调雨顺，四季如春。资本的种子在这里发芽，资本的希望在这里培育生根。资本以顽强的生命在这里成长，富裕着千家万户，扫荡着落后、愚昧与贫困。这里是原始资本的雏形，各种商行、票行与拍卖行比比皆是，蓬勃发展如雨后春笋。富裕的摇篮，滋养着资本的幼芽，摇醒一代代奋发图强的生命。

江南的古镇，是市场的大集。琳琅满目的商品，丰富多彩，工艺迷人，满街商店，各展风姿，使古镇成为一个热闹无比的现代超市。人们熙熙攘攘各取所需，充满了购物快乐的心情。这里的商品应有尽有，任你挑选，尽你满意，有历史古董，也有现代精品，工艺精湛，艺术超群，更有雅俗共赏的吃穿用佳品令你眼花缭乱，让你流连忘返，令你一往情深。

江南的古镇，曾经是财富的聚集地。这里代表着中国商业的先驱，这里汇集着工业洋务的先锋，富可敌国，敢与朝廷抗衡。南浔镇的富翁当时所具有的财富约占朝廷国库的三分之一，连皇帝遇到困难后也要向古镇的富翁求助，古镇财富能影响国策，独领风骚，秋色平分。

江南的古镇，是人才的重镇。这里文化氛围厚重，礼仪讲究，教育发达，佳人辈出，文化渊深。古镇独特的历史文化环境，培育出一代又一代杰出人才，历史学家、诗人、文学家、政治家、艺术家大展风韵，人才荟萃，成为治国的栋梁，民族的瑰宝，名人聚集的效应，使古镇新鲜事物异彩纷呈。

江南的古镇，汇集了所有古珍宝，宗族祠堂、古书私塾、千年古桥、百年古树、古代建筑和古朴的民风民俗，绘制出一幅现代的清明上河图。古，是其最重要的元素。古的珍贵，因为它是历史，古的奇丽，因为它稀有。古镇独特，因为它不可复制；古镇深厚，在于它能昭示未来；古镇年轻，在于它服务现代。我们需要从古镇中体验历史，寻找先人的足迹，从古镇中享受历史的繁荣，吸取历史的营养，从古镇中继承古代优秀精神，从古镇中体验文化，从古镇中去享受快乐。你看，成群结队的人从四面八方涌向古镇，你看，男女老少一起奔向古镇，他们在古镇相聚，他们在古镇交流，他们在古镇欢乐，他们在古镇寻找新的世界，古镇的魅力由此可见。

江南的古镇，是美食天堂。特色小吃，风味大全，精美点心，应有尽有。美食，是人生的一种享受，美食，是生活的一种需要，在古镇品尝美食，更是人生的一种乐趣。古镇的美食价廉物美，品种齐全，加上独特的环境，使你有另外一种心情。游逛古镇，不仅是旅游、观光，更是一种享受美食的体验。

江南的古镇，是影视的基地。古镇的美，美在真实，美在原味，美在综合。古镇是天然的拍摄基地，这里可以再现唐宋的辉煌，明清的风雅，民国的战乱，抗战的史诗，剿匪的艰辛，解放的欢乐。古镇造就了历史，成全了影视，两相辉映，使古镇锦上添花，一举成名。古镇成为旅游的热点，观光的亮点，文化的焦点，与影视发展相依相存。

江南的古镇，是中外文化的融合。很多古镇在搞"古镇嘉年华"，看看西方文化的新潮，看看中国传统的文明，将中外这两样东西结合起来，古镇沸腾了，古镇更热闹了，中西文化的结合，赋予了古镇新的生命，而古镇的嘉年华，又给嘉年华增添了异样的色彩。你看，夜幕降临，男女老少走上街头，欢乐的人群，幸福的笑容，载歌载舞，古镇沉浸在一片欢腾的海洋里，古镇成为展示中外文化的博览会。

江南的古镇，是历史文化的珍贵遗产，是中华民族智慧的结晶。古镇的每一个建筑，每一个历史标志，每一个珍贵的保护物，每一件收藏品都是人类的财富，价值连城。我们继承着、保护着、利用着、享受着，我们是历史文化遗产的真正主人。

江南的古镇，是旅游的胜地，是观光访古购物美食的天堂。这里应有尽有，欢乐无限，可以领略自然风光，品味美食佳肴，体验历史沉淀。古镇是中国人的宝库，也是外国人了解中国的窗口。在开放的世界中，古镇像一条纽带连接着四面八方的需求，像一座桥梁沟通中外友谊。

江南的古镇，是一种驿站。在你繁忙时，在你疲倦时，在你困惑时，你可以到古镇去走一走，会寻到启开心灵的钥匙，精神释然，身心轻松，重拾力量，充满信心，在人生的旅途继续前进。

在风雨中漫步江南的古镇，在淅沥小雨中感受江南的文化，感受江南的历史，是另外一种心境。在这个瞬间，仿佛回到了过去，回到了童年，江南的一切都在变化，伴随着祖国现代化建设的脚步，现代江南已经横空出世。但唯有古镇保持着历史，保持着青春，保持着记忆，保持着活力，这里与外界无关，与喧闹无关，这里是人人神往的世界。

在风和日丽中漫步江南的古镇，感受到美丽江南的神奇魅力，体验到生活多么美好。在淅沥小雨中踏着江南风韵，感受江南的文化，感受江南的历史，是另外一种心境。在蔚蓝的天空下，小桥流水，鲜花盛开，绿色葱葱，满街商品琳琅满目，各种小吃味美色鲜，构成了独特的交响曲，在微风中飘荡，仿佛进入了一种全新的梦境，久久难忘，这里是欢乐的天堂。

在晚霞的映射下游览江南古镇，江南古镇仿佛披上了金色的霞光，一切是那样的明亮，一切是那样的辉煌，古镇似金，古镇似银，这里是金色的世界。在夜幕下游览江南古镇，古镇欢乐的人群载歌载舞，是另外一个欢乐世界。

保存好江南古镇，就是保存好江南的历史，就是留住江南的传统，就是留住那一份珍贵的记忆，就是留住无尽的财富。因为江南古镇就是江南历史的平台，是聚集财富的平台。发展好江南古镇，就是发展江南的历史，延续江南的历史，就是发展财富的大平台，从而造福于勤劳的江南人民。我们之所以重视与珍惜江南古镇，是因为她是炎黄子孙的母亲。

# 江南的回忆

每当淅淅沥沥下着小雨时，我就会想起江南，想起故乡，想起童年。

梦里水乡，难忘的是弯弯的河流，悠悠的小船，两岸的房居，河边的杨柳，飘扬的风帆。当时的主要交通工具是船只，随着汽笛声的鸣响，每天定时来往的轮船传递着邮件，运输着小镇上需要的生活物资，包括夏天吃的棒冰等。

童年的记忆，在不停的流水声中保存。童年的记忆不曾忘却过，妈妈带领我们走过的河边，姐姐们与我一起游过的河流，我们生活在河边，一切依靠河，一切来源于河。河，是我们的生命；河，是我们的今生来世；河，是江南人聪明才智的源泉；河，是美丽江南的象征。如今，当年的河流，在现代化的建设中已面目全非，快捷的公路交通完全代替了水路交通，传统的河流美已完全丧失，只保存在精心打造的那些古镇。我童年中的那些情景，人依在，物已非。

弯弯的小路，连着村镇，连着两个不同的世界。我也常常走在这乡间的小路，来往于乡镇，穿梭其间，或是上学，或是回家，或是走亲戚，或是赶路，或是游玩等。小路上，留下我的一串串脚印，保存着我的美好回忆，记录着那些儿时难忘的记忆。

江南的村庄，美丽的风光，富裕的生活，是那样的与众不同，尤其过年的热闹，更是镇上无法相比的。小时候，最盼望的是春节跟着爸爸到乡下做客，既可拿红包，又热闹，小伙伴多。江南的小镇，生活惬意，安静舒适，这里没有城里的喧闹，也没有乡下的不便。虽然小镇没有农村的美丽田野风光，但与农村比，小镇多了一份舒适与方便；而与城市比，又多了一份安静与安详，小镇兼顾了城市农村两者的特点。当然，这是那时的想法，一旦走出小镇的狭小天地，来到外面的广阔世界，这种留恋小镇的感觉会少很多，留下的只是小镇的片片回忆，因为外面的世界更精彩，外面的世界更广阔。小镇上太多的束缚，无法实现美丽的梦想，但小镇上度过的那些岁月，是我童年的回忆，是我立志走到外面，看看更精彩的外面世界的原因，也是我对美丽江南回忆的基础。

东海沙滩，留下我的一串串脚印，记录着我的成长。我小时候随父亲在海边生活了几年。海，我是那么熟悉，海，我是那么依恋，白天吹着海风，晚上听着大海的波涛声，头枕着波涛睡觉。生活在海边，除了美丽的海滩风光外，美味的海鲜是个享受。当时海边有驻军，在假日晚上，到对外开放的驻军军营看露天电影，是那时最大的愿望了，这些电影放映时间要比镇上早得多，真是先睹为快，同时，人多，热闹，也是我的追求。那时军爱民，民拥军，军民鱼水情，真是一家人。现在驻军已撤，地方仍在，留下的只有当年热闹情景的回忆。

江南的庭园深深，楼阁众多，春风杨柳，万千气象，古代韵味，阳光气魄，纵横路网，密布河流，绿色田野，美丽古镇，现代城市，一派欣欣向荣的美好景象；而雨中的江南，更是一片奇特景象，将江南的神秘，江南的幽静，江南的美丽，演绎到了极致。

岁月消失，但对江南的美好记忆永远不会忘却；时光流逝，童年的记忆永在。

走遍万水千山，美好的江南永远在我身边，行尽五湖四海，还是江南最美。

祝福你，美丽的江南；深爱你，永远的故乡。你永远在我心中，在我每一个梦醒时分，在我生命中的每一分，每一秒，每一刻。

# 江南的田野

　　江南数千年来，一直是祖国的粮仓，物资基地，经济的基础，美丽的象征，民族的骄傲。

　　江南的田野，是一片充满希望的沃土，是一片祥和的土地，是一片富庶的宝地，是一片美丽广袤的平原，是一片温馨的田野。

　　江南的田野，千里平原，万亩良田，雨水泽润，土地肥沃，风调雨顺，阳光充足，风和日丽，得天独厚，在四季的变化中，尽显其婀娜多姿的迷人景色。

　　江南的田野，是万紫千红的百花园。到了春天，放眼望去，赤、橙、黄、绿、青、蓝、紫，组成万紫千红的大花园，处处显示青春的蓬勃活力，把田野打扮得分外妖娆。绿色为主的各种青苗，在鲜花簇拥下，随风摆动，在多色花蕾的衬托下，把田野装扮成万紫千红的百花园。

　　江南的田野，是多彩的画卷。到了秋天，放眼望去，田野里麦浪滚滚，金黄色的稻穗随风吹动，大地披上金色霓裳；而白色的棉花则是另外一幅景象，雪白的棉花给大地披上洁白的外衣，在阳光的照耀下，洁白无瑕；黄色的油菜花连成一片，在阳光的照耀下金光闪闪，一片橙色世界。秋天，江南的田野，是美的组合，是多彩的画卷，仿佛童话中的美丽世界。

江南的田野，是美丽的家园。江南的人民世世代代生活在这片土地上，勤奋劳作，精心耕耘，细心呵护，世代相传，历经漫长岁月磨难，久经战争风雨洗礼，江南依然不减魅力，依然青春焕发，家园依然美丽，风采依旧。

江南的田野，你是天下的粮仓。用之不尽的阳光，取之不尽的水源，一望无垠的肥沃土地，无边无际的广袤平原，分明的四季，温湿的气候，美丽的景象，远离边关的幸运，天然屏障的保护，勤劳的人民，使你成为天下粮仓，成为生活基本品的保障，成为财富的宝地，成为经济发展的战略高地，成为国家的立国之础、民族之魂。

江南的田野，是富饶的平原。纵横的河流，无数的湖泊，浇灌着这美丽的田野；充足的雨水，滋润着这片土地。这片土地，因天独厚，因史而重，因平而优，因人而富，因商而发，因稀而贵，因美而爱。

江南的田野，你是历史的见证。历史因你而辉煌，你因历史而传奇。康熙、乾隆帝先后六下江南，写下多少历史美传，留下多少千古传奇。江南的多少才子佳人，英雄志士，科技精英，文学豪士，杰出领袖，在江南的神奇土地上，铸就辉煌人生，写就光辉诗篇。

江南的田野，是永不落幕的舞台。千年不变，万载不谢。江南，你是永不落幕的舞台，一代又一代精英在这里不断表演，将江南的精神弘扬，将江南的历史韵味充分展示，将江南的历史传奇继续演绎。

江南的田野，你是大自然的天然杰作。从空中俯看美丽江南，江南的田野是一幅景色美丽的七彩拼图，一幅巧夺天工的大自然美丽画卷；乘车急驶在江南的快速公路，或乘坐在高铁上，两边美丽的景色，让人目不暇接，美不胜收，不肯急急离去；划船行进在江南的河流，两岸迷人的自然景色，让你仿佛在画中穿行；当你走在江南田野的乡间小路，你就走进了一个五彩缤纷的世界，走进了万紫千红的花园，走进了青苗茁壮，硕果累累，丰收在望的希望的田野，仿佛走进一个神奇的童话世界，流连忘返，不肯离去，希望时光停止，不再往前。这是上帝的恩赐，这是大自然的造化，这是人类的杰作。

江南的田野，你是一片神奇的土地，你是历史的珍贵遗产，你是祖国的骄傲，民族的象征，文化的发源地，财富的聚集地。

美丽的江南，你从历史走来，一抹历史尘埃，尽展迷人风采，保持着永不凋谢的魅力，永远向上的活力，永无止境的改革动力，在调整中发展，永远领先。

美丽的江南，你在现代化建设中保留着历史的风貌，在美丽田野上保存着江南古镇，保存着珍贵的江南历史，保存着江南的风貌，向世人展示永远的江南风采。现代化的交通，没有破坏江南美景，而是更拉近了江南与世人的距离。

江南的田野，在蔚蓝色的天空下，五彩祥云当空照耀，你是如此美丽，你独特的魅力，无法阻挡，这里胜过海外，胜过天堂，你永远是我们心中的骄傲。

让我们祝福你，江南的田野，你更加美丽！江南的田野，你寄托着我们的希望，承载着我们心中的梦想，实现我们伟大的理想！

# 江南的庭院

庭院，也是庭园，是江南瑰丽的珠宝，璀璨的明珠，文化的丰碑，珍贵的历史遗产，民族的奇葩。

庭院深深，神秘难测。江南的庭院，是江南的民居，是主人身份的象征，反映了生活的习性，体现了主人的喜好。江南的庭院，是江南的风景，是江南建筑艺术的结晶。庭院深深，记录着江南的历史，见证了江南的沧桑变迁，风云变幻的激荡岁月；庭院深深，告诉我们久远的历史；庭院深深，告诉我们这里曾经的曲折；庭院深深，既有在阳光下快乐的美好时光，也有藏在背后的伤心故事。

庭院幽幽，仿佛进入迷宫，进得去，出不来，在迷宫中转悠。庭院幽幽，尽显艺术风范。庭院里，上溯历史，下接传统，书画笔墨，文物瑰宝，精心雕塑，哪一件不值万贯？哪一样不是珍品？庭院是文化乐园，建筑艺术的宝库。

庭院森森，这里是一个独立的世界，这里是一个另外的天地，这里与外界隔绝，"朱门酒肉臭，路有冻死骨"，外面的一切，外面的悲伤，外面的贫穷，庭院内的人似乎一切不知，与己无关，过着安闲的生活。

置身在保存完整的江南庭院，思绪飞越千年。庭院是美好的向往，对过去不舍的留恋，但在过去动荡的岁月里，风平浪静的日子不多，连绵不断的战争，挡不住的自然灾害，此起彼伏的社会动荡，使庭院的平静被一次次打破。国无安宁，社会必乱，庭院的安宁也必定短暂。那么，我们该如何珍惜今天的昌平，把握和平的时机，把中华现代大庭院——伟大的祖国建设得更好？

游走在江南的庭院里，回想在银幕上讲述的庭院故事，曾经留在脑海中的那些深刻记忆突然浮现，不禁感慨良多。这里曾经有过多少悲欢离合，上演过多少爱情故事，留下多少经典传奇，又有多少千古传说？

游走在江南的庭院里，一个个爱情的悲剧浮现在脑海，曾经的庭园传颂着多少千古爱情绝唱。由于封建礼教，陆游与唐婉不得不分手，十年后，两人在沈园不期而遇，感慨万千，分别后，陆游在沈园墙上写下千古名篇《钗头凤》，一首《钗头凤》断人心肠，词中道："红酥手，黄縢酒，满城春色宫墙柳。东风恶，欢情薄，一怀愁绪，几年离索。错！错！错！春如旧，人空瘦，泪痕红浥鲛绡透。桃花落，闲池阁，山盟虽在，锦书难托。莫！莫！莫！"这首词以对唐婉的真挚的感情，表达了陆游的悲伤心情。一年后，唐婉再游沈园，见到了陆游写在沈园墙上的《钗头凤》，感想万千，回去后和了一首《钗头凤》，词中写道："世情薄，人情恶，雨送黄昏花易落。晓风干，泪痕残，欲笺心事，独语斜阑。难！难！难！人成各，今非昨，病魂常似秋千索。角声寒，夜阑珊，怕人寻问，咽泪装欢。瞒！瞒！瞒！"这一唱一和，构成千古绝唱，成为流传在江南庭园永远的回忆。同年，唐婉因病郁郁而死。四十年后，陆游再游沈园，写下两首《沈园》。江南的很多庭院，都有珍贵的历史，都是历史的见证，爱情的场所，流传的故事，千年永恒。

与北京的四合院不同，江南的庭院，都与流水相依，小桥相伴，小街相邻；江南的庭院，都有绿树护荫，鲜花簇拥，四季常青，是温馨的家园；江南的庭院，都有雄伟的殿门，庄严的大堂，考究的设计，严密的布局，是一个豪门之家；江南的庭院，雕刻精细，设计艺术，用材讲究，是可以流传千年的艺术宫殿。

与帝王宫殿相似，宫殿就是庭院的延伸与扩大，宫殿精美的设计与庭院相似，只是更宏大、更神秘而已。

如今，留在古镇的庭院，已经成为历史的见证，成为那个年代的特征。而成为风景区的庭院楼阁，成为美丽江南的风景线，是江南的一张名片。

络绎不绝的游人，涌向庭院，来到庭院，他们在这里观看江南美景，领略江南文化，寻找江南历史，发现文明起源，感受名人风采，思索现代未来。

停留在江南庭院的时刻，在这样思考，我们现代化的洪流，应该如何继承历史传承，保留民族的特色，将现代与历史统一，将国际与民族融合，这才是中华民族真正的特色。

# 江南的山

　　江南的山水，是江南的灵魂，是江南流动的血脉，是美丽江南的核心，是江南风景的重要组成部分，是保护江南安宁的天然屏障。美丽江南，离不开江南的山水（指湖泊）。

　　江南的山，秀丽而不高，临海而壮观，绵延而不绝，绿色满目葱，悠久而传奇，名山是胜地。

　　江南的山，云雾缭绕，曲径弯弯，青山绿树，岩洞奇石，瀑布直泻，溪流淙淙，百鸟齐鸣，满山是宝。

　　江南的山，很大一部分在海边，有大海相伴，登高远眺，开阔无边，极目楚天舒，大海滋润着山的根基，大海衬托着山的美丽，山与大海一刻也不分离。山海相连，山海相接，一起早迎太阳，暮送晚霞，潮起潮落，冬去春来，共同感受大自然的变化，共同组成大自然美丽的全景图画。山与大海永远相伴，共享着生命，永不分离，它们是美丽江南的天然屏障。著名的普陀山是舟山群岛中的一个岛屿，四面临海，山海相接。普陀山作为中国四大佛教圣地，与山西的五台山、四川的峨眉山、安徽的九华山齐名，漫步在这美丽的风景区，真有"海上有仙山，山在虚无缥缈间"的神奇感觉，感受到山海相连、山海相接的独特魅力，它是江南美丽风景的杰作，是世界级风光的代表。这里，山是风光的代名词。

江南的山，很多是在湖边上，这又是另外一种美丽景色。湖边的山，虽然没有了大海的气势，但内湖更加平静，平静中映出美丽，透出安全，更加接近人类，更加接近江南，更多的美景，更多的人群，更多的亲近。无锡的惠山，横立在湖中央，将湖分为太湖、蠡湖，自身置于著名的风景区鼋头渚内，面向灵山、三国城、水城、梅园等一大批名胜风景。惠山处在美丽的景区制高点与核心地带，登上惠山，美景全收，眼下一幅画，沿途全是景。在这里，山是美景的代名词。

江南的山，还有一部分在城里，如江南四大名山之一的南京紫金山，位于南京中山门外，虎踞龙盘，总揽百里风光，荟萃风景名胜，经历千年风雨，保存历史经典，是南京最著名的山。紫金山见证了南京六朝古都的沧桑历史，特别是明朝与民国，是国家的中心，创造多少历史，留下多少传奇，写下多少悲壮，包蕴多少故事，成为后代人永远的向往。紫金山不仅是中国天文学最著名的机构，还有中山陵、明孝陵等重要的陵墓，还有丰富的植物与鸟类。美丽的玄武湖在不远处，满山望不到边的无际绿树林郁郁葱葱，挺拔的梧桐树在经历百年的风雨后更加美丽，成为紫金山不可分割的一部分，是紫金山一道独特的风景，更是南京的标志。这些梧桐树的珍贵，不仅是因为它们挡住阳光，撑起绿荫蓝天，更重要的是，它们见证朝代更迭，是历史的见证人——对南京梧桐树的保护，已经超出国界，成为国人与世界共同的责任。紫金山是南京的标志。这里，山是城市的心脏。

# 江南的湖

　　江南的湖，是美丽江南的灵魂，江南生命的源泉，江南美景最重要的元素。

　　江南的湖，或由内海演变逐渐形成，或由人工开挖生成，或因建造水库而建成。江南的湖泊之所以千年存在，美姿永在，得益于江南充足的雨水，温湿的气候，得益于勤劳的江南人民的精心爱护，得益于江南山脉的保护。

　　江南的湖，是历史的湖，跨越千年，名震四海，扬名天下，一座城市往往因湖而威名远扬。西湖，美名传天下。西湖是我国湖泊类第一个获世界历史文化遗产称号的。西湖已经有 2000 多年历史，其一年四季、每时每刻，都透露出特别的美丽，上有天堂，下有苏杭，杭州因西湖成为天下名城。曾经在西湖建立不朽标志——苏堤的大诗人苏东坡这样赞美西湖："欲把西湖比西子，淡妆浓抹总相宜。"西湖的美丽，西湖的重要由此可见。这里，湖是城市的名片。

　　江南的湖，不仅美丽，还见证了悠久的历史，担负起民族腾飞的特殊使命，嘉兴南湖就是这样的湖。乾隆帝六下江南，八上南湖烟雨楼，留下 20 多首诗篇。而中国共产党的"一大"由上海转到南湖召开，南湖因此成为开天辟地历史大转折的见证。这件大事，拯救中国，影响世界，直到今天，南湖与那条船，我们都无法忘却。南湖，因此成为我们心目中神圣的湖，那条船成为神奇的船。这里，湖是神圣的象征。

江南的湖，有的湖域广阔，伸展千里，成为区域的生命源泉，如太湖。太湖面积 2400 多平方公里，跨越江浙两省，灌溉着万亩良田，养育着千万人口，湖中丰富的鱼类与水生物资源，为人类提供取之不尽的生活宝藏。太湖，湖中有湖，岛中有岛，组成无数道美丽的风景，吸引人们前来旅游观光，成为人们理想的栖居地。这里，湖是生命的源泉。

江南的湖，如同撒落在美丽江南的珍珠，镶嵌在江南的大地上，闪闪发光。西湖、太湖、玄武湖、南湖、瘦西湖、千岛湖、东湖等，如金子一般，璀璨夺目。每一个湖，都是一段难忘的历史，都有光荣与辉煌，都是永恒的美丽，都是城市的骄傲，人民的幸运。

江南的山离不开江南的水，江南的水离不开江南的山。

山水相连，山水相依，山水相望，山水相护，山水相爱，山水永恒，构成美丽江南的全景图，铸就伟大江南的灵魂，成为不朽江南的生命源泉！

# 嘉兴，美丽的故乡

嘉兴是我的故乡，我是嘉兴平湖人，平湖历来属于嘉兴，外面很多人不知道平湖，但都知道嘉兴，因为嘉兴有名。因此，为了简单，我也称自己是嘉兴人。我离开嘉兴，走上人生道路，屈指数来，已经四十多年了，关于嘉兴的任何报道和信息都牵扯着我这颗游子的心。

——手记

嘉兴的美，美在水。水系纵横，碧波荡漾，小桥流水，锦绣人家，江南风格，自然天成。

嘉兴的美，美在人。江南才子，传为佳话，千古诗人在这里留下多少不朽诗篇；江南美女，名扬古今，天生丽质，聪慧过人，勤劳勇敢，善良热情，又留下多少千古绝唱。人的美景，是江南风景中最美的风景。

嘉兴的美，美在富饶。杭嘉湖平原，名震四海，千年沃土，万代粮仓，物产丰盛，水土宜人，自古以来都以"鱼米之乡"著称。

嘉兴的美，美在历史。南湖的烟雨楼，述说着嘉兴的过去。乾隆六下江南，八登烟雨楼，留下二十多首诗篇，盛赞嘉兴历史美景，使我们常常思念那个时代，追求那种精神。

嘉兴的美，美在红色，美在小船。南湖一艘小船，承载着数千年民族复兴的希望，在嘉兴起航。九十三年来，几代中华优秀健儿，前仆后继，浴血奋战，不懈努力，成就了今天的中国。而今天的中国，影响着世界，改变了人类历史。南湖的小船就是这样神奇，南湖的小船就是这样美丽。嘉兴是革命者的圣地，人民福祉的摇篮，中国梦的发源地。

嘉兴的美，美在景色。湘家荡就是其中一颗耀眼的星星。水乡、田园、湖光三色合一，特色观光、水乡旅游、休闲度假三位一体。不是天堂，胜似天堂，仿佛是人间的世外桃源，一幅现代的清明上河图画，成为千万人旅游的向往地。

嘉兴的美，美在绿色。绿色经济是其主旋律，生态文明是其基础，引人注目的光伏发电，在嘉兴异军突起，领先中国，更为嘉兴的历史赋予了新的篇章。

嘉兴的美，美得像一盘盛满的珍珠。这珍珠撒落在江南，成为江南无数座银光闪烁的城市中的一员，这些城市，相互依赖，相互生存，构成了美丽江南的全景图画。江南的珍珠无数颗，但最亮的一颗是嘉兴。如此厚重、如此闪光，把江南装点得光彩夺目。嘉兴的珍珠，色彩斑斓多姿多彩，仪态万方。红色的、蓝色的、绿色的、白色的，五颜六色，光芒四射，世界也为之增色。嘉兴这颗珍珠，如此稀有，如此珍贵，成为中国的福祉，成为人类的骄傲，成为中国与江南一道最奇特的景观，成为一颗最闪亮的星。

# 阆中古城

　　阆中，是川北著名的古城，是与山西平遥、云南丽江、安徽歙县齐名的中国保存最完整的四大古城，而不是一般的古镇。

　　阆中，不仅有保存完好的古城风貌，而且由于张飞的故事、科举制度、儒家文化以及众多的国家文物保护单位而名震四海。

　　阆中，是中国春节文化的发源地。在阆中诞生的天文学家落下闳，是著名的《太初历》的编制者之一。《太初历》正式确立正月初一为岁首的日历制度，并以立法确定下来，从此开始春节文化。世界上第一台浑天仪也在阆中研制成。在唐宋时，阆中是中国古代天文研究中心。

　　阆中特有的三绝吸引着众多的游客，使阆中保持永久的魅力，这三绝是：保宁醋、阆中蒸馍与张飞牛肉。

　　阆中的保宁醋，在国内的名气一直很大，历来是醋中之王，阆中在相当长的时期内是保宁府的所在地。保宁醋除了食用外，现在又制作出饮料，销路很好；而用醋泡脚，在阆中成为历史传统，听说乾隆皇帝也信奉"晨起三百步，晚间一盆汤"的说法。用醋来足浴保健，在阆中成为历史与时尚。醋的产业链正在阆中形成。

张飞，是三国蜀国著名猛将，一代杰出将领与忠臣。张飞在阆中任巴西太守长达7年，最后死在阆中，阆中虽然不是张飞的故乡，但阆中人民都把张飞作为阆中的父母官，看成阆中最值得尊敬的人，看成是阆中不可多得的光荣骄傲，1800年来，张飞的故事一直在阆中流传。国务院也把张飞庙（汉桓侯庙）定为全国重点文物保护单位。张飞被两个部下杀害，头在重庆云阳，身体在阆中的张飞庙。张飞在桃园三结义中的名声，在《三国演义》中的精忠故事与万人不敌的勇猛形象，已经脍炙人口，由千年历史传颂，在亿万人民心中深深扎根。张飞已经是阆中最响亮的品牌与代言人，以张飞命名的牛肉等系列产品畅销全国，大家喜欢张飞牛肉，既是为阆中高质量的牛肉而折服，同时也是出于对张飞的敬仰。来到这里，听讲解后才知道，张飞的书法也很好，不像是个粗人，听说张飞还是1.82米的高个儿，皮肤也不黑，除有两个儿子外，还有两个美如仙女的女儿，两个女儿都先后成为刘禅的皇后，长女是敬哀皇后，次女在敬哀皇后死后也成为刘禅之妻，称为张皇后。

科举制度，在中国是传统。阆中在顺治九年（1652年），作为四川省的临时省会，进行乡试4科的考试，共进行了4年，在贡院保存完整的文物，是当年那段历史的完整记载，珍贵无比。历史就是这样发展的，今天中国的教育制度与考试制度都起源于历史，只有了解历史，才能更好地开创未来。

历史上许多名人，如杜甫、苏轼、陆游等，都用精美无比的语言赞美过阆中。我也去过美丽的丽江，气势宏远的平遥古城。美丽而安静的丽江，给我留下了深刻而难忘的印象；平遥古城庄严的衙门，早期的银行票号等，都使我难以忘却。

我更加喜爱阆中，阆中的历史，是如此悠久，如此重要，在各个不同历史时期，在众多领域，在三国，在天文学，在科举制度等，都有着特别作用；阆中的文化，是如此辉煌，如此灿烂，从春节发源，到儒教学说，再到状元文化，多元放光彩；阆中的名人，本土生，外地来，都为阆中增光，为阆中添彩，其中张飞最广为流传；阆中的风景，川西北美丽风光，临江而居的美景风水，美如画，山水相映，山如仙，水似镜；阆中的三绝，更是魅力阆中的一张名片，不仅具有永久的吸引力，而且还具有潜力巨大的经济价值，特别是形成的产业链优势，可以走向全国，走向世界。

祝福你，阆中！川北的明珠，四川的门户，中国的窗口。

祝福你，阆中！你从历史走来，迷人是你的风采；你向未来奔去，第一是你永远不变的追求！

祝福你，阆中！你源于历史，发展于历史，保存了历史，得益于历史，必将在历史的长河中，与浪共舞，永立潮头。

# 束河十年

记得我是 2005 年 5 月与太太第一次到的丽江。那一次旅游，美丽的丽江给我们留下了难忘的印象。那时，我们一起到过位于玉龙雪山脚下正在重修的束河古镇，当时束河古镇只有一个雏形，一切刚开始，还没有真正成形。

前晚到达束河古镇，住在了河畔会馆。昨天，上午逛了束河古镇，晚上去了丽江大研古城，感叹十年不见的变化，特别是束河古镇的巨变，令我与太太十分惊讶，已根本找不到当时记忆的痕迹了。

第一是规模大。现在的束河古镇是那时的好几倍，范围大大扩大了，其规模在丽江古城中的比例越来越大，新建的店铺与客栈越来越多。

第二是街道越来越漂亮了。由于是新建，更容易规划、便于创新。无处不在的客栈，精美细致，风格各具，小院花开流水，大院绿树挺立，都有自己的风格，浓郁的民族特色装扮，独具一格的客栈名号深具吸引力。满街的酒吧，很有异族情调，设计之精细，工艺之精湛，匠心之独具，使你不得不驻足仔细凝视，以至于常常会回头再去用便捷的手机补拍，以免留下遗憾。

第三是安静。与丽江主城区相比，虽然这里的游客没有那里多，但这样也有了更加安静的感觉，同时束河的商业味也没有大研浓。宁静、安静、回归自然，是我旅行的目的，是另外一种感觉。很多人到丽江来，除旅游与购物外，也在寻找一种新的感觉，寻找一种放松，寻找一种精神寄托，寻找一种新的动力。这时，束河古镇或许是他们的最好选择。

有雪山，有清泉，有绿水，有古镇，有美景，有一年四季都宜人的气候，有明媚的阳光，有蔚蓝的天空，有星星闪耀的夜空，有淳朴好客的民风，这就是丽江与众不同的地方，这就是丽江的真正魅力所在。

丽江是中国乃至世界旅游的明珠，而束河则是明珠上的亮点，我真诚希望这颗明珠永在，这个千年古城永存。如果真这样，我们是否需要对丽江进行更多的保护而不是过度的商业开发呢？如果那样，丽江一定更美，束河一定更好，明珠一定更加光彩夺目！

# 夜临涵田

常州的会没有开完，我就风尘仆仆地到溧阳的合作企业看看，推动双方的深化合作。

晚上，主人在天目湖旁的涵田设宴招待我们。

夜色茫茫，天目湖一片静谧，在夜灯下，天目湖像熟睡的美人露出神秘的睡姿，暮色下，天目湖是那样的安静，是那样的安宁，那样的充满诱惑。

静，是一种环境。人的任何思想、行为、活动、创造，都是在一定的环境下进行的。安静的环境容易集中思想，集中注意力，专注于目标，容易出成果，出新的思想。从浮躁中摆脱，从荣誉中走出，冷静地分析，冷静地思考未来，具有特别的意义。

静，是一种安宁。安宁，是我们的追求，是我们生活的目标，生活的乐趣。现代生活的节奏太快，人们为生计，匆匆决策太多，跟随着时代的步伐，已经没有更多的时间能静下来。生活充满竞争，充满不确定，而静下来，我们就有时间，有机会，调整已经出现偏差的方向，调整我们过急的步伐，使发展更加健康，这种调整只能在安静的环境下进行。

　　静，是一种力量。谋定而后动，静思而再行，行动更有力量。静，是一种智慧的力量，战略的推动，超越的动力，穿越的能量。方向是行路的最大的问题，如果方向不对，会造成全局性的颠覆，就会全盘皆输，而如果在静中能一思、二思、三思，那么就能克服冲动，避免贸然，冷静出智慧，冷静出思路，冷静出动力，避免了方向性错误。

　　静，是一种美丽的风景。心中的风景，只有用心去思考，用心去探索，用心去寻找，才能发现。心灵的风景很美，心一静，则思路宽；心一静，则思泉涌；心一静，则心中亮；心一静，则心中海阔天空；心一静，则心中美景如画。

　　静，是一种定力。现实不是理想，实际更加复杂，诱惑到处都有，陷阱随处可见。有了定力，就不会摇摆；有了定力，就不会随波逐流；有了定力，就会明辨方向。

　　在夜幕中来到涵田，来到天目湖，又在暮色中匆匆别离涵田，离开天目湖，还无法看到美丽天目湖的真实面貌，就要离开天目湖了。

　　天目湖，虽然没能见到你的真容，但你夜色的安静给了我特别的感觉，给了我特别的感动，给了我特别的力量，这种感动与力量，将带我进入新的一年，带我进入一个新的境界。

# 建设美丽乡村

## ——实施乡村振兴战略，学习党的十九大文件随笔

习总书记在党的十九大报告中提出"实施乡村振兴战略"，提出"要坚持农业农村优先发展，按照产业兴旺、生态宜居、乡风文明、治理有效、生活富裕的总要求，建立健全城乡融合发展体制机制和政策体系，加快推进农业农村现代化"。

习总书记提出的乡村振兴战略，指出了乡村的发展方向，同时也给乡村的发展带来了历史性机会。

随着城市化进程的加快，城市的集中度越来越高，资源也更多地集中到了城市。

由于城市人口过分密集而带来了一系列问题，如交通拥挤，空气污染重，住房难，一房难求，房价高，生活成本高，生活难，出行难，教育难，医疗难等，特别在大城市，这些挑战就更加严峻了。

都市城里人，特别向往乡村的新鲜空气，向往乡村自由安静的生活，而随着日益增多的假期，现代生活理念的改变，休闲生活正成为越来越多城里人放松紧张的一种选择，同时，人口的老龄化也

越来越突出，城市养老肯定受到制约。而乡村，特别是美丽乡村，成为城里人假日休闲的必然选择，也成为养老的重要聚集地。

同时，各种资源都集中到城市，城市成了资源富集区，富人集中区，而广大的农村则发展相对落后，各种资源相对贫乏，城乡的差距在进一步拉大，但乡村拥有丰富的土地资源，为乡村的发展提供了最大的可能。

因此，实施乡村振兴战略，政策与资源向乡村汇集，会极大推动乡村的发展，改变乡村的落后面貌，实现脱贫的目标，使乡村更加美丽，使城市与乡村均衡发展，使社会更加和谐。同时，也可以满足城里人假日休闲与养老的需求。

在乡村振兴战略的指引下，大量投资会涌向乡村，一大批特色小镇、特色小村会应运而生，古镇会更加漂亮，乡村会更加美丽，城乡互补、和谐共生会更加完美，人们的生活会更加美好。

乡村振兴战略，是新时代发展的一个重要机会，这个机会与深化供给侧结构性改革、加快建设创新型国家、"一带一路"倡议等机会一样，是一个重大机会，把握这个机会，会赢得未来发展空间。

对我们而言，这个机会是服务的机会，发挥技术特长的机会，投资的机会，发展的机会，同时也是学习的机会。

我们习惯于高科技工程的建设，习惯于在高端领域长袖善舞，习惯于在新能源领域纵横，而对乡村的规划，乡村的建设，乡村的投资则非常陌生。但这没有关系，一切可以学，学习是我们前行的最大动力，在实践中学习，在实际中探索仍然是我们成长最主要的途径。

就像在新能源领域，我们一开始也只懂些设计与总包，但我们经过两年多的努力，已经开始了一系列重要的投资并获得成功，同时更为宝贵的是在实践中培养起一批既懂设计总包，又懂投资，还懂运维的宝贵人才。

因此，我同样相信，在实施乡村振兴战略、建设美丽乡村的伟大实践中，我们一定能够培养出适应新时代要求的新的人才，重要的是，我们在巩义这片沃土、在巩义的宝贵实践，已经非常接近这个令人兴奋的前沿阵地。

路，正在远方，远方是光明的路。

攀登，永无止境；转型，永远在路上。

机会，永远垂青于有准备的人。

脱颖而出，成就事业，必须突破传统，敢于创新，创出一个新天地，一个新世界。

美好，从来不会天降，非凡的决心，艰苦的努力，成就美好事业。

# 五月，红花盛开

五月里，红花盛开。

五月里，十城穿梭，盛典不断，见新朋，会老友，说不完的话，道不尽的情，不亦乐乎。

五月里，古越绍兴红旗展，中芯威武，瞻总理祖居；上海几度花艳红，华力成国人之焦点，扬民族之威；青岛美丽，留下雨中飘荡的回忆；嘉兴红船聚首，光伏秀洲，遇家乡好市长；武汉长飞闪光芒，三十年情不断，往事历历在目；夜抵合肥，别样的责任。五月里，一片鲜花开，繁花似锦。

五月里，蓉城停步，细雨中享温馨，花重锦官，绿满蓉城。屋顶花开，景色更美丽，宾客远方来，成都处处显和谐。

五月里，太极迎新址，别旧样，风光无限；蠡湖旁美景在，湖边漫步，渤公岛上好风光，一月当空，星光灿烂，如人间仙境美如画；昔日朋友再会，产业鼓，催人响，黄金期，再出发。

五月里，浦江岸夜船穿梭，霓虹灯闪耀，光电世界真奇妙，十里洋场展新貌。凉风吹人醒，夜色美景独特，大都会夜景，难撼动。

五月里，迎全球光伏盛会。365权威发布，巩义领导千里赴上海，议扶贫大业，获扶贫大奖。PGO合作情深，抱团取暖。SNEC全球最大。大咖论道，领袖登台，海内外嘉宾同台，朋友们相聚，情意深长。握手巨头，签协议。光伏大展，千家企业亮相，万众拥来，迎世界最大盛会，几百万人产业，责任重大，寒风中阵阵暖流，阳光普照大地，光伏树花独艳。

五月里，常在晨曦起，夜里归，人在雨中行，常有烈日晒，风雨多考验，几度夕阳红，人在旅途，疲惫成常事。

五月里，激情诗篇流淌，鼓舞斗志，走秀网络，真情闪耀，《你最珍贵》成最爱作品，穿越历史时空，伴随身边，真情到永远。

六月里，劲风吹，新时代，更忙碌，再努力，唱凯歌，迎胜利一场，再举杯欢乐。

# 最美人间四月天

四月里，春风轻拂，春潮涌动，大地复苏，万紫千红，春色满园，万象更新，一片生机勃勃。

四月里，满眼望去，樱花盛开，红梅独艳，金色油菜花遍野，杨柳在微风中摇曳，湖水清澈，鱼翔浅底，万类霜天竞自由，到处是勃勃生机。

四月里，荣誉飞来天下舞。从书记手中接过沉甸甸奖杯，产业强市杰出贡献奖闪耀，百万大奖创造历史，前无古人，成头号新闻，全额捐出，表达心意，喜讯成网讯，迅速传遍各地。然而责任重大，不停步，再起步，凭微薄实力，再作新贡献。

四月里，杜甫故里诗词大会特别荣誉奖加身，备感荣光。在千年永耀的诗圣杜甫塑像下，与诗乡小朋友们亲切合影，成为温馨记忆。欢迎晚宴，巩义好客，国内顶级诗坛大咖现场朗诵，书记鼓励，即席挥诗，当众吟诵，显增长功力，一鸣而响，书记赞美，众人肯定，响亮掌声成为难忘瞬间。颁奖晚会，明星荟萃，精彩演出尽颂千年诗圣杜甫，而偶遇当年心中仰慕偶像，亲切交谈，惊喜无比。

四月里，太极之光耀眼，业绩报捷，董高监们频商大计，重组发威力，成无锡国资营收规模独大，重展雄风，股东敬爱。

四月里，无锡华虹开工炮响，上海华力强力推进，中环宜兴中标，新项目再推，好事在江南。破难点，突重围，高扬民族集成电路之旗。做的是产业事，道的是家国情。

四月里，杭州上虞晶盛新能源论剑，好兄弟相会，久别重逢。信息产业新能源力量集结，成强大产业结盟。战友情谊深深，话题多多，议的都是家国事，道的都是民族情，唱的都是深情歌，吟的都是激情诗，歌声，诗意，真情，荡漾在美丽的杭州湾。

四月里，借东风，鼓干劲，快速调整，推动发展，各大区发声，佳音频传，风电突破，新能源发力，大项目连下数城振士气，去晦气，破迷雾，突重围，振雄风，再现辉煌。

四月里，昆山分院荣耀回归，新的历史起点。四月里，集结队伍，再出发，新思路，新目标，大调整，大格局，洗历史尘埃，记曾经的痛，齐努力，树新风，登辉煌新台阶。

四月里，股改画句号，多赢格局落定，源起16年前混改，深深感恩当时那个开放的年代，感恩好领导，感恩干部员工信任。而混改16年，风雨岁月，风雨历程，往事不堪回首，脑海不灭的记忆永在，尘埃落定终成成功典范，混改树国内新风，载入史册。重组成功，资本梦实现，再成经典，成资本、产业、工程、设计多个市场融合成功案例而荣耀。惠员工，耀城市，强国家，利社会，功德永在，好事仍继续，无止境，再续光辉史篇。

四月里，在成都，诗歌成礼物，书法会朋友。吟诗歌，挥书法，诗言志，字抒情，文化交友，寻真正朋友，诗歌与书法共济，激情与艺术齐飞。

四月里，总部屋顶花正开，花簇锦绣，风光无限好，在此常会远方朋客，屋顶论道，纵横四海，谈笑凯歌还。四月里，成都美，身在无锡仍思此，花重锦官城。四月里，盼大芯成功，事业多一大员。

四月里，下江南成常态，无锡、苏州、上海，江南美丽风景穿梭，常来常往，会常开，事多做。激情诗篇常从心中涌出，美丽江南四月天独美，心中话常吐，健康步常走。金鸡湖旁夜会老领导，太湖旁情深迎兵团首长，都是一样深怀感恩的心，深念当年的情。

四月里，再到温暖将军岭，阳光照耀，山地光伏牵动情感，为扶贫落实而欣慰，光伏大道闪金光，成领导关注焦点，人们向往热点，山地光伏成亮点，光伏与廊桥握手，乡村振兴战略找到结合点。

四月里，早迎朝霞去，夜随暮色归，忙碌是常态，分秒都宝贵，与太太聚少散多尽思念，各处是难舍的事，到处是温暖的情，说的都是家国事，行的都是民族志。

四月里，百花吐蕊，万花争艳，虽国际风云变幻，然我们胜似闲庭信步，40年改革成果已成大局，稳步走，与国际大家庭同行，有尊严韬光养晦，唯此寻得发展时机，他日再论剑，分高低。

最后以著名才女林徽因女士发表在1934年4月《学文》一卷1期的著名诗篇《你是人间的四月天》作为本文结尾，同时也作为对四月的道别：

我说　你是人间的四月天；
笑响点亮了四面风；
轻灵在春的光艳中交舞着变。

你是四月早天里的云烟，
黄昏吹着风的软，星子在
无意中闪，细雨点洒在花前。
那轻，那娉婷，你是，
鲜妍百花的冠冕你戴着，
你是天真，庄严，
你是夜夜的月圆。
雪化后那片鹅黄，你像；
新鲜初放芽的绿，你是；
柔嫩喜悦，水光浮动着你梦期待中白莲。

你是一树一树的花开，
是燕在梁间呢喃，
——你是爱，是暖，
是希望，
你是人间的四月天！

# 十月放歌

十月里，蓝天白云，碧空如洗，秋风吹拂，千里风云来，心中荡漾，莫干山美，难得一片净舍之土，双节同日，难得好心情。十一入夜，月儿明，月儿亮，十五的月亮十六圆，十六的月亮放光彩。

十月里，枫叶红了，层林尽染，红了整个山谷；十月里，枫叶黄了，金黄色的枫叶，飘过阵阵芳香，难得一年秋色美景。

十月里，虾肥蟹黄，味道千般美；十月里，瓜果飘香，醉了心肺；十月里，花儿争艳，绿水青山美。

十月里，南湖静悄，夜色水美；蠡湖如画，风光无限；太湖澎湃，秋色无边；钱江怒吼，卷万丈波涛，江南秋色风光美。

十月里，乌镇古桥，同里小船，拈花湾畔，江南古镇别样美，游人如织，不负秋日好风光。

十月里，亲人相伴，朋友相随，从东到西，从南到北，走遍万水千山，洗尽一路风尘，高亢一路歌声，举杯畅饮尽开怀，生活原来这么美。

十月里，节日里，屋内外，决战正酣，勇士当先，势不可挡，战斗正未有穷期，决战岂止在战场，人生处处是赛道，青春还在往前跑。

十月里，秋风阵阵，风儿不止，吹得人心爽；十月里，鼓声阵阵，再出发鼓点擂响，豪情满怀，再决战一场！

十月里，明月千里寄相思，月儿亮，月儿美，月儿照亮未来行程。

# 遍地尽是黄金甲

每年到这个时候，无论是川南，还是川西、川北、川东，巴蜀大地，放眼望去，一片金黄色，遍地尽是黄金甲，满地的油菜花处处盛开，在温暖的阳光下，在轻风中微摆，这是一个金色的世界，这是一个迷人的乐园，人处此境，仿佛是天上人间，世外桃源。

金色的油菜花，是吉祥的象征，是丰收的喜讯，是春天的脚步，是和谐的音符，为万紫千红的春天百花园增添美色，金色黄色象征青春与活力，满地的黄金甲预报着丰收的喜讯。

成都平原、巴蜀大地是千里沃野，千年粮仓。几千年的和平环境，都江堰的灌溉，得天独厚的自然环境，换来天府之国美名。

春天的巴蜀大地，春天的成都平原，一片无限美好的春光，万紫千红的乐园，红色的海棠花，白色的梨花，粉红色的桃花，绿色的茶树，争妍斗艳，而满山遍野的油菜花格外显眼，主导与装扮着美丽的百花园，把天府之国打扮成待嫁的美丽少女。

从空中俯看美丽的川府大地，一片生机勃勃，春意盎然，一片片土地，犹如精美的彩色拼图，镶刻在巴蜀大地，赤橙黄绿青蓝紫，把巴蜀大地的春天装扮得无比壮美。巴蜀大地与成都平原在春天的日子里，成了美的集合，花的海洋。

到郊外去走走，现代化的大都市提供了现代文明的发展条件，但也隔离人与大自然的联系，凝固的空气，拥挤的交通，喧闹的人群，加重的雾霾，激烈的商战，使人喘不过气来。冲出围城，走出城市，来到郊外，美丽的大自然会给你增添生活的信心，增强工作的勇气，会使你心旷神怡，原来郁闷的心情会迅速开朗，堵塞的思路会茅塞顿开，原有的烦恼会一扫而光，蓦然回首，原来大自然是如此美好。

到田野上走走，在美丽的田野上漫步，不仅可以呼吸新鲜空气，同时可以受到大自然的恩惠与启迪，工作不是生活的唯一内容，生活应该有更加广泛的含义，生活应当更丰富，更美好。工作不是最终目的，工作是为了创造更加美好的生活，美好的生活会推动工作，两者密不可分。

到农村去走走，看看现代的农村，小路弯弯，河水清清，现代农村充满了吸引力。我们原本就是农民的后代，进了城市，再很少回去，春天的日子里回到农村，回到家乡，体验生活，感受变化，与大自然亲密接触，回忆过去的岁月，会激发新的热情，是很好的机会。

到山冈上走走，满山坡的鲜花，随风摇摆，满山冈的油菜花，梯次排列，闪耀着金色的光芒，这是一幅多么美丽的图画啊！我们为什么不来享受这美好的时光？不来感受这难得的温馨？

遍地尽是黄金甲，满山都是好风景。春天的日子里，让我们到处走走，亲密接触大自然，更好地保护大自然，和大自然共存，与大自然同在，永远守候着这美妙无比的无限春光。

# 留住春天的脚步

人们常感叹春光太短暂，每年的春天短暂一瞬，我们思考，该如何留住这无限美好的春光，留住这美好的记忆，留住这春天的脚步？

留住春天的脚步，就是要在春天的日子里，多到大自然去，多到田野去，多到农村去，多到美妙无比的风景点去，亲身拥抱春天，让春天的美好记忆多留下一些。

留住春天的脚步，就是要在春天的日子里，多照相，多录像，多写文章，多写诗作，多绘些图画，让春天的记忆多角度、全方位地留下来，留下美丽的青春倩影，留下这精彩的瞬间，留下这难忘的时刻，留下这永恒的记忆，留下这幸福的一刻。

留住春天的脚步，就是要到世界各地走走，到祖国各地走走，世界之大，祖国之广，一年四季都有春天，我们在夏、秋、冬的季节里，别地会是春天，错季外出，春天轮回，我们有很多机会在一年内多次享受春天，多次感受各地春天的不同美色与独特风景。

留住春天的脚步，就是要在春天里留下特别的东西。一年之际在于春，春天是播种的季节，春播多少，秋收多少，春无播种，秋必无收。春天的日子像黄金一样宝贵，像生命一样珍贵。我们要在春天里辛勤播种，辛勤耕耘，洒下汗水，深耕细作，植入创意，播下希望的种子，这希望的种子，一定能够在秋天收获丰硕果实。

留住春天的脚步，就是要把生活工作环境打造成永不落幕的春天花园，要在春天里规划，春天里实施，把自己的家园、工作的环境打造成为四季花常开，万紫千红常在的美好家园，让周围永远是春天，让周围永远充满春意。

春天在心里。对战士而言，无论在什么季节，心中永远是春天。坚定的信念，纯洁的本色，不为外界的诱惑所迷，不为非法的利益所动，不为任何困难险阻所挡，永远坚持着心中的信念，坚持着心中的梦想，永远不放弃追求，不放弃理想，不放弃梦想。在战士的心中，春天是光明的，春天是美好的，心中永远充满春天。

# 浪里分不清欢笑悲忧

乘快艇急行在宽阔美丽的三岔湖上，是一种特别的心境。我水性不好，小时候差一点被水淹死，因此以后一直怕水，特别怕在海面与湖上乘快艇急行，每当遇到此种情况，我一般坚决推辞，但昨天傍晚，无奈朋友热情，太太坚持，只有硬着头皮上快艇。但真正急行，心中反而释然，虽然浪花四溅，但船体在朋友的娴熟驾驭下，快而平稳，再加上救生衣的防护，我反而渴望船速再快一些，因为只有快一些，才能有更好的感受；只有快一些，才能超越其他船只；只有快一些，才能领略更美更险的风光；只有快一些，才能把握早达目的地的先机。看来，只要舵手具备经验智慧，有切实的安全措施，自身又能承受，是完全可以快一些的。这样的大道理，在急行中豁然开朗。

急行的快艇，划开宽阔的湖面，激起阵阵水浪，这水浪冲刷历史，冲刷记忆，冲刷成功，冲刷失败。浪里分不清成功与失败，浪里也不在乎历史，冲出浪里只有奋勇争先，冲出浪里只有现在的努力，过去的成功与失败，已经不再重要。如果让浪淹没，过去的一切成功都到此结束，如果破浪而进，过去的失败就换成今天的成功。永远没有真正的成功，一切都在路上，只要生命不息，挑战就永远不止，浪花会随时冲击掉所有成功。

前行的快艇，浪花继续，一浪高一浪，浪里分不清欢笑悲忧，是喜？是悲？都淹没在浪声中。浪花或是喜，带来新高潮，浪花或是悲，带来大灾难，在急行中一切都无法分清，只有坚定向前，冲出浪的包围，搏击更大浪花。

快进的快艇，浪花四溅，一浪高一浪，浪里分不清爱，浪里分不清恨，所有的爱恨，在大浪冲击的瞬间都停止了，都消失了，过去的都过去了吧，停留在过去没有意义，冲出浪的包围，不被浪花淹没，生存下去，寻找更加广阔的空间，比爱恨更重要。

飞溅的浪花，容易模糊人的视线，容易迷失前行的方向，前方的路，到处是画，前行的艇，到处是景，充满诱惑，深情迷人。亲爱的朋友，要保持特有的清醒，紧紧握住船舵，让快艇冲出浪的包围，继续行驶在正确的航道。

飞舞的浪花，构成一幅美妙无比的美丽图画，湖面不能太宁静，人生不能太平淡，如果是美景，一定要有多彩的画卷，如果是壮丽人生，一定要在风浪中搏击，真正的英雄，一定会迎接一浪高一浪的冲击挑战。

多彩的浪花，在激昂中透出平静，稳健智慧的舵手，洞察一切，在一浪高一浪的涛声中，辨明航向，在一浪高一浪的大潮中，坚守船舵，把船只驶向胜利的彼岸，继续演绎独到的驾技，将精彩进行到底。

# 在诗歌的春天里荡漾

春天，正在向我们大步走来，春天，是如此短暂；春天，是如此宝贵；春天，是多么美好；春天，是多么让人留恋。

杜牧在《江南春》中写道："千里莺啼绿映红，水村山郭酒旗风。南朝四百八十寺，多少楼台烟雨中。"杜牧的这首诗，给我们描绘了一幅情深意远的春天景色，在杜牧的笔下，春天与历史同在，美好春光与深远的意境同辉。

春天，在历史的沉淀中绽放光彩；春天，在时代的发展中留下影子。春天，催生万紫千红的百花园；春天，在动荡的岁月里给人们带来希望。

春天，离不开诗情，别不了画意。美好的春天要用诗歌来尽情赞美，要用美好的画卷尽情挥洒。诗歌，要歌颂美好的春天，唤起人们对春天的热爱，对美好生活的向往，对人生的信心。

杜甫在《春夜喜雨》中写道："好雨知时节，当春乃发生。随风潜入夜，润物细无声。野径云俱黑，江船火独明。晓看红湿处，花重锦官城。"身在锦城，春的日子，万紫千红，花如海洋，花重锦城，绿满蓉城，锦绣壮丽，到处生意盎然，勃勃生机，现代与历史并存，蓉城锦绣花重，到处是充满诗意的美好春天。

我们的时代，比起杜甫的年代不知强多少，不知富多少，不知好多少。

我们的春天，比起杜甫的年代不知美多少，不知绿多少，不知翠多少。

珍惜吧，春的日子。美好的春天，是希望的季节，是播种的日子，抓住这美丽的春天，抓住这最好的时机，在春的日子里再出发。

在诗的春天里荡漾，在春天的日子里尽情放歌，暖暖的诗意为春色增辉，美丽的春色为诗歌添彩。

春风轻拂面，春雨润心田，春意尽盎然，春天百花开，春光照万里，春暖万家门。

红绿半边天，黄青紫满天，蓝天下晴空万里，碧空如洗。清水溪流，鱼翔浅底竞自由。绿草爬满坡，莺歌燕舞，万物争娇艳，春色无边，自然多美好。

满园春色关不住，春风荡漾在心中。春天，是大自然的恩赐；春天，是生命的礼赞；春天，是生命的蓬勃；春天，是人与自然的亲近。

# 雾比景美

昨天是周六，下着毛毛细雨，约好与小平的四位三台同学（三位女同学，一位男同学，一名摄影师）一起到青白江参加樱花节。虽然天下着雨，我们还是如约出发了，从不同地方，约上午 10 点 30 分赶到青白江。

初到青白江樱花园时，天上仍然下着雨，显然只有等待，我们边喝茶边等待，一会儿不下雨了，可以照相了。但天气始终没有放晴，加上公园里山水的雾景，更有一种云里雾里的感觉，反而觉得雾也是一种美，雨也是一种情，在雨雾的环境下，是一种独特的美。

漫步在樱花园，游人如织，春天里百花盛开，争相斗艳，唯樱花夺目，只见小平他们在摄影师的吩咐下，不断展示他们美丽的身影，摆动着他们青春的舞姿，在樱花园，在雨雾中，留下一组组珍贵的镜头，留下今天这个难忘的时刻。

不错，岁月不饶人，在经历几十年的人生岁月后，他们都已是六十岁上下的人了，但这个时代，只有青春，没有老人；这个时代，快乐生活，没有忧愁；这个时代，充满自豪，幸福满满；这个时代，美景常在，笑口常开。

雾，不断在萦绕，已经分不清是人为，还是天作。雾，多了些神秘，多了些想象，多了些美丽，使樱花园宛如仙境，恰似梦境。

雨，淅淅沥沥在下，如甘露一般，滋润着这春天的大地。春雨，湿润着我们的心扉，洗去那曾有的尘埃。

我被小平他们乐观的情绪深深感染，也被他们几十年不败的友谊而感动，这些纯真的友谊伴随他们走过万水千山，伴随他们在夕阳红的最美时光，伴随他们在生命的每一个时分。因此，我也不断为他们叫好，不断加入他们的行列，与他们一起在那个雨雾的日子里留下这些珍贵记忆。

那一天，雨雾始终没有散，我们又赶到小汉品尝著名的连山回锅肉，在夜色中回到成都，然而心里想的还是留在青白江樱花园的那些景，那些抹不去的回忆。

# 梅花欢喜漫天雪

已经很久没有这么冷了。17日晚从上海抵达呼市，突然发现遇到了寒流，第二天呼市阳光灿烂，但在白天的温度还是到了零下24摄氏度，这是内蒙古进入冬天后最冷的一天。

从内蒙古回来后，到北京、无锡后回到成都，正逢全国性寒流来袭，而且上海、无锡、成都等全国很多地方都下起了难得的雪，东北的雪就更烈了，这是近十年来难得遇到的寒流与雪景。

瑞雪兆丰年，窗外的雪是好征兆，窗外的雪是好景色。

在浓浓雾霾的覆盖下，成都人久久喘不过气来，而寒风驱散了雾霾，吹来了清新的风，在寒风中深呼吸真是太爽了，这是久违的痛快，这是迟来的幸福。

大雪覆盖，给大地披上了银装，分外妖娆，这是另外一道美丽的景色。这景色，平常只能在北方的冬季才能遇到，这让我想起了那些尘封的往事，想起了在内蒙古的岁月，想起了塞北的雪，想起了古城的雪，想起了我在写作《窗外飘着雪》时的心境。

寒风，带给人们的是冷的冲击，意志的考验，狂热中的清醒。

我喜欢冷，冷可以锻炼意志，可以带来新的感觉，新的思考，新的清醒。转型中的经济，会有很多寒冷的季节，会遇到很多暴风雨的考验，会受到很多冲击，要坚决抵住寒流的袭击，决不倒下；要学会适应，学会在寒冷中生存；更要学会在寒冷中抓住机会，实现腾飞。在寒潮中死去的，只能是苍蝇，而艳丽的梅花则会在寒风中怒放。

寒冷，还可以让我回想过去的艰难岁月，过去的那些寒冷胜过今天不知多少倍，没有过去，就没有现在，没有昨天，就没有今天。正是在寒冬中经历的那些难忘岁月，成为今天事业的基础。

寒冷，让我想起这个世界上还有很多衣不遮体的人，在寒冬中需要阳光，需要温暖，需要帮助。我们要思考，该如何珍惜这富庶而稳定的生活，又该如何为寒冬中挨冻的人们，伸出援助之手？

毛主席说："梅花欢喜漫天雪，冻死苍蝇未足奇。"寒冷中的意志，风雪中的情怀，是一名战士的宝贵意志。

# 残　雪

雪，正在慢慢地融化，留下的是一地残雪。

残雪，在阳光下正在消融，最后会不留下一丝痕迹。

到达这座城市时，残雪还在，离开时，在灿烂的阳光下，已到处找不到残雪的踪影。

一场大雪，一场寒潮，似乎已经过去，在全国各地，在全球各地，不留下任何痕迹。

仿佛，一切都没有发生过；仿佛，一切都没有出现过；仿佛，一切都已过去。

但，大雪的惊喜还在，寒流袭击的影响还在。

雪中的喜悦，雪中的烦恼，一样存在。寒流的伤害，寒冷的锻炼，二者并存。唯一留下的是还没有完全融化的残雪，以及残雪的记忆。

残雪，告诉我们曾经的寒流，告诉我们欢喜的雪花。

我们很快就会忘记，2016年初那场雪，那股汹涌的寒流，那场寒流使一些人失去生命，那场雪给大家带来欢喜带来愁。

该忘掉的，就忘掉吧，过去就过去了，历史告诉未来，一切都在改变，改变是这个时代的主旋律；一切不会停止，永远在路上，是这个时代的进行曲。

　　该忘掉的，就忘掉吧，十三年的心血，往事如烟，浮在眼前，使这座特别的城市与自己生命相连。

　　历史，就是这样，总把新桃换旧符；历史，也总是一贯，客观真实，永远公正；真诚善良者，得道多助，永远年轻，成功永远属于他们，反之，一切都是徒劳。

　　残雪，总是要消融的，一切都会过去，唯一还在的是，永远年轻的心，永远创新的情，永远不变的梦。

　　残雪，虽然会消融，一切都会过去，但漫天飞舞的雪花，带给人们的喜悦永在，滚滚寒潮留给人们的记忆永在，留给人们的教训永在。

　　这喜悦，这记忆，作为难得的历史，作为曾经的经历，作为永恒的教训，将在心中永存。

　　消融的残雪，一定还会以新的方式生存，继续给人类大爱，飘洒的大雪，一定还会与我们再次相会。

　　人们将永远记住 2016 年初的那场雪，那个严冬，那些残雪。

# 红梅的品格

　　红梅，在寒风中挺立；红梅，在严冬中傲首；红梅，在生命中怒放。

　　红梅，在雪的映照下，分外妖娆，分外美丽。在满天飞舞的雪花中，红梅一枝独秀，争艳绽放。红梅不是雪，胜似雪。

　　红梅的品格，是独立，不论环境如何，红梅不改初衷，坚持独立独行的品格，昂首挺立在寒风中，永远保持那份高贵的品格。

　　红梅的品格，是坚强，不屈服，是意志的象征，敢于挑战严冬，在寒冷中绽放。

　　红梅的品格，是争艳，她在寒冬开花，给枯萎的冬季带来暖意，在春天怒放，装扮万紫千红的春天百花园。

　　红梅的品格，是芳香，红梅把芬芳的飘香，撒向自然，飘向人类，温暖着大地，温暖着我们。

　　红梅，是历代名人赞美最多的花。王安石在《梅花》中写道："墙角数枝梅，凌寒独自开。遥知不是雪，为有暗香来。"

　　一代伟人毛泽东在《卜算子·咏梅》中写道："风雨送春归，飞雪迎春到。已是悬崖百丈冰，犹有花枝俏。俏也不争春，只把春来报。待到山花烂漫时，她在丛中笑。"红梅的高尚品格，在诗人与伟人心中，是如此美妙。

红梅，是革命者高尚品格的象征。一首《红梅赞》，在革命者心中永远流淌，严寒中江姐的高大形象，成为我们心中永远的榜样。

红梅，是战士的品格。战士要像红梅一样，永远保持那份坚定，那份独立，那份纯洁，那份高雅，那份高贵，那份执着，那份奉献，那份勇敢，那份大爱，在生命中永远保持红梅品格。

# 春潮涌动

春天，就要到了，春潮涌动，春回大地，春暖人间。

听，这欢乐的歌声，一刻也没有停止过，从上午到下午，从下午到晚上。一首首经典，把人们拉回到过去那个难忘的年代，沉浸在回忆中；一首首赞歌，歌颂着现在安宁平静的幸福生活，颂扬着强大中华的复兴。我们在永不停息的歌声中，感受着幸福，感受着生活的美好，感受着春天的来临，这是和谐的音符，这是幸福的乐章。

看，这翩翩起舞的美姿，组成欢乐的海洋，从东到西，从南到北，从广场到绿地，从房前到空地，人们载歌载舞，荡漾着幸福，这是对生活的礼赞，这是对幸福的表达，这是对春天的呼唤，这是幸福民族的缩影，这是康定天下的象征，这是改革开放的硕果。

去，踏青去，郊外风光无限，田野里金黄色的油菜花在微风的吹拂下轻轻摆动，在向人们致意；山冈上，含苞欲放的鲜花爬满山坡，万紫千红，组成七色彩图，无比精美；春的日子，万物复苏，春潮涌动，把美丽的田野打扮得分外妖娆。

走，享受去，在春光的沐浴下，休闲活动，健康运动，充满乐趣，生活有更多的内容，奋斗是生活，享受也是生活，在享受中体会奋斗的意义，体会生活的意义，同时回馈奋斗本身，保护身体，同样重要。

春潮涌动，是一种力量。这是一种不可遏止的力量，新的生命冲破阻力，脱颖而出。春的力量，使冰雪消融，大地回春，万物复苏。

春潮涌动，是一种渴望。新陈代谢，生命交替，是不可抗拒的自然规律，一切新的东西，渴望生长，渴望变化，渴望变革，渴望创新，在渴望中顽强地成长。

春潮涌动，是一种释放。释放生命的活力，释放生命的价值，释放生命的意义。

春潮涌动，是创新超越的大好时机。大潮到来，是个大趋势，大机会。只有在春天里播种，才能在秋天里收获；只有在春天里付出，才能在秋天里得到回报。谋划春天，是一年的关键。

# 都市的夜晚

登高望远，俯看现代都市的夜景，是别一番独特的风景。

都市的夜晚，是美丽的，灿烂的灯光映红天，窗外一幅画，目视都是景。

都市的夜晚，五彩的灯，流光溢彩，车水马龙，流动的色，七色的光，绚丽多姿，似天女下凡，如嫦娥奔月，像天上人间。

都市的夜晚，丰富而精彩，褪去了白天的喧闹，更卸下那份紧迫，从容而放松，享受夜色的美丽，体会生活的快乐，思考新的明天。

都市的夜晚，一切都是美好的，夜色模糊了真实的面貌，夜色拉近了人们的距离，夜色绘出了壮美的画卷。

都市的夜晚，是欢乐的时光。真善美是心愿，假恶丑是对面，两者并不遥远，只有体会到生活的快乐，才能理解真善美的真正含义。

都市的夜晚，人们在工作之余，享受着充分的自由，享受着生活乐趣，或学习，或读书，或思考，或娱乐，或休闲，或锻炼，或散步，或购物，或交友，生活本来就是这样，丰富而有趣。都市的夜晚，灿烂星空，星辰照耀，繁星点点，宛如银河流泻，火树银花不夜天。

都市的夜晚，不是白天，胜似白天，比白天更美，比白天更靓，比白天更迷人，比白天更灿烂。

都市的夜晚，你是我们幸福的向往；都市的夜空，你是美的集锦，爱的梦幻，天上的彩云，心中的愿景。

让我们在每一个晚上守候，守候这美好的时光，守候这醉人的时分，守候这永远的夜晚。

# 窗外的景

　　窗外的景，是美丽的景；窗外的景，是移动的画；窗外的景，是变化的色；窗外的景，是永恒的艺术。

　　春天里，生意盎然，勃勃生机，满眼绿色，金黄色的油菜花，白色的梨花，粉色的辛夷花，红色的玫瑰，万紫千红，春色满园，万物充满活力，七色的光，多彩的色，春天的景是一幅多彩的画卷。

　　夏天里，烈日当空，阳光普照着大地，彩云朵朵映红了天，给窗外的景披上金色的外衣，夏日的景是火热的情。

　　秋天里，秋风来了，枫叶红了，枯叶落了，果子熟了，收获的季节到了，更替的时节来了，窗外的景透射出花谢交替的过程。

　　冬天里，寒风阵阵，雪花飞舞，红色的腊梅迎风而立，独傲枝头，窗外飘着的雪花，是另一番独特的景。

　　窗外的景，还随一天的时间而变化。

　　早晨，雾蒙蒙，清湿的空气沁人心脾，窗外一片朦胧，只闻鸟儿叫，不见人踪影。

　　中午，阳光灿烂，窗外的景清晰可见，一切是那么的分明，似一幅凝固的画，停止不动。

晚上，灯光灿烂，星光闪烁，七色的灯光把窗外打扮得如此美丽，如此光耀，如此动人，都市的夜景是一幅流动的美景，人们在夜色中享受着一天最快乐的时光。这时的景，最美丽，这时的情，最动人。

窗外的景，是难忘的记忆，不同的时光，不同的地方，不同的心情，不同的角度，有不同的窗外景色。

记住这些景，记住这些情，记住这些难忘的记忆，记住那些美好的时光！

# 初临南北湖

在好朋友金达控股任董事长的热情邀请下，我们一行参观了金达欧式风格的精雅办公楼和现代化的亚麻纺生产线。金达控股是国内最大的亚麻纺生产厂家，我既为金达在全球领先的亚麻生产线而高兴，同时更对金达办公楼具有的典雅风格、浓浓的文化与一尘不染的洁净而佩服。

在参观后，任董事长热情邀请我们一行去南北湖看看。虽然我是平湖人，与海盐同属嘉兴地区，但到南北湖，还是第一次。

南北湖在海盐境内，是国内少有的，具有湖、海、山三景合一的景观，虽然这里的开发还没有完全成熟，但这掩不住南北湖的美丽。

我们在傍晚到达南北湖，金色的晚霞给南北湖披上一道霞光，把南北湖照耀得分外美丽，漫步在堰堤上，微风吹来，格外气爽。

与别的景点不同，这里的湖在山脚下，与山相依，同时，不远处就是气势磅礴的大海，与海相望。

有山相依，湖面得到保护，格外宁静；与海相望，会像海一样，开阔无比，因此南北湖在宁静中得到护卫，在护卫中尽情开阔。

在这里，我们既可以享受到山水的美丽，满目绿色的青山郁郁葱葱，清澈的湖面微澜涌动，春风吹动着低垂的杨柳，这里仿佛是一片世外桃源。同时，我们在这里又可以看到辽阔的海洋，可以开阔我们的胸怀，这是另外一种景。

南北湖是一颗镶嵌在杭嘉湖平原的璀璨明珠，不过，要这颗明珠闪闪发光，还需要抹去她的历史尘埃，统一规划，精心保护，分步推进，最终实现山、湖、海的有机连接，充分体现南北湖的特色，让这颗明珠闪闪发光。

# 留住心中的春天

春天是美好的，万物复苏，一切欣欣向荣；春天是我们向往的，春光明媚，万紫千红，放眼望去，满园春色，把大自然打扮得如此妖娆；春天是宝贵的，不抓住春的播种，哪有秋的收获。

当我们期盼的春天刚来时，突然发现春天还没有真正过去，夏天已经到来，真可谓春未过，夏已到。

春天的短暂，是因为气候在变暖。如今，天气越来越热，平均温度在上升，逐步接近人的生存极限，全球气候的变暖，是一个明显的趋势，北极的万年冰川正在消融，一些岛屿因海平面上升而面临生存危险，一些珍稀的动物也将面临绝种的境地。四季的界线也在逐步模糊，四季季节变换的快乐越来越少，秋与冬的时间都在缩短，夏天的时间在延长，人类的过度发展，使大自然失去了平衡，这加深了人们对过去春的怀念。

春天的短暂，还因为时光易逝，光阴似箭，在时间的历史长河里，几十年弹指一挥间，何况一个春天？

春天的短暂，还告诫我们，要珍惜春天，抓紧春天的短暂时光，抓住春天的宝贵机会，谋划未来，播下希望的种子，撒下希望的织网，捕捉心中的梦想。

春天的短暂，还告诉我们，任何人的青春都是短暂的，瞬息而过；任何人的美丽，随着时光的流逝，都是要褪色的，要珍惜年轻的美丽；宝贵青春的时光有限，奠定一生基础的青春时光有限，人的一生，不要碌碌无为，而要大放异彩。

春天的短暂，还告诉我们，一切生理年龄的青春，都是短暂的，不能永恒；一切自然界的春天，都是短暂的，不能永远；只有心中的青春，心中的春天是永驻的。

心中的春天，常驻在心田，这是一种崇高的信仰，坚定的信念；这是一种岁月磨炼，艰难铸就；这是一种历史的责任，伟大的梦想；这是一种艺术的经典，荣誉的绽放；这是一种神圣的使命，豪迈的气魄；这是一种竞争的勇气，成就大业的志向。

战士，永远不会老，这颗年轻的心永远蓬勃地跳动；战士，不管遇到什么挑战，心中永远是春天。

# 烟雾缭绕的柳江

昨晚，在暮色中与朋友们来到柳江。

柳江，是洪雅的一个古镇。柳江，依山傍水，景色秀丽，空气清新，安宁而繁荣。

柳江的游客不断，但不拥挤，比游客还多的是学生们，他们在这里绘下天下最美的景色，留下他们对自然的内心感悟。

雨中的柳江，是别一番感受。雾，缭绕着山际，如云，似纱，是梦幻的仙境。

雨中的柳江，是令人神往的地方。这里远离城市，贴近自然，仿佛是世外桃源。

夜幕降临，窗外云雾缭绕，水天一色，一片特别的景象。淅淅沥沥的小雨，使周围的一切变得格外宁静，一切都淹没在这雨中。

古镇的雨夜，是安详的；山区的夜晚，是宁静的；雨中的夜晚，是梦幻的。

在这安静的夜晚，在淅淅沥沥的雨夜里，思考过去，谋划未来。

在这安静的夜晚，朋友们举杯祝愿，在尽兴的同时，更多地感叹时光易逝，人生易老天难老。

早晨起来，柳江又是别一番景色。被雨水清洗后的天空，天，蓝蓝的，云，白白的，天高云淡，在阳光的照耀下，美丽的柳江分外妖娆。

山涧流水潺潺，流过人家，流淌不息。山上彩云缭绕，直通云端，美丽仙境。

早晨的古镇，非常安静，人们忙碌着，准备着，迎接新一天的到来，迎接八方游客的涌来。

常到山区走走，看看这美好的大自然，陶冶内心情操；常到古镇看看，感受四川悠久的历史，增进民族自豪感；常到雨中漫步，淅淅小雨会唤醒你沉睡的记忆，重振勇士雄风。

# 温暖的春节

今年春节，全国各地天气格外的好，难得的晴朗，难得的好天气，难得的好心情。

虽然，春晚的节目处在争议之中，导演肯定了自己，舆论也是高调赞誉，然而老百姓有议论，众说不一，大家都期盼在猴年春晚见到六小龄童，六小龄童与他主演的《西游记》，是不可替代的经典，他永远是留存在亿万人民心中真正的大圣。要顺民意，才能接地气。

有分歧，有争论，能共存，本身也是这个社会日益开放与民主的象征。但由于微信与红包的流行，人们的注意力已经发生变化，对春晚的关注度已大大减弱。春晚需要有好的原创剧本，要有人气高的名角，选人选节目时不要太多的框框，要接地气，要顺民意，这样春晚才能提高吸引力。

无论如何，这种争议没有影响春节的欢乐，因为人们可以根据自己的爱好，自由选择。特别是今年春节各地气候温暖如春，遇上十年难得的好天气，户外人潮涌动，美丽的大自然深深吸引着人们，好天气为全国人民的春节献上特别的贺礼。

暖暖的春节，成都新家迎来了家中亲人，二姐与二姐夫，弟弟与弟媳并女儿，加上儿子儿媳携孙女全家，我们在美丽的成都相聚，享受这天伦之乐，亲人们久别重逢，有说不完的话。乖巧的孙女，让人笑声不断，这一切都为这暖暖的春节增添无比的欢乐，这一切都是太太的精心策划与安排。

暖暖的春节，一切是那样的美好，在温暖阳光的照耀下，尽游四川的名山名景，尽尝四川的美食，尽享天伦之乐。

暖暖的春节，亲情围绕，友情贯通，快乐始终，笑声不断，歌声常在，其乐融融。

暖暖的春节，举杯畅饮，尽情释怀，对酒当歌，是人生的快乐。

暖暖的春节，浓浓的亲情，深厚的友情，难得的聚会，欢乐的时光，在暖暖的春节。

暖暖的春节，车行千里，一路愉快，风光无限，山峦起伏，云峰林立，绿色遍野，历史文化，闪耀光辉，美景迷人，目不暇接，在蜀乐蜀。

暖暖的春节，祖国富强，国泰民安，兴旺发达，一切都是欣欣向荣。昌盛美梦，已经变真，一个个现代化的城市，一个个美丽的古镇，一个富强崛起的中华民族，立于世界之林。

暖暖的春节，回忆不断，努力奋斗，成就今天；坎坷艰苦，使我们倍加珍惜今天的幸福。

暖暖的春节，思在过去，望在未来，欢乐之时，志在千里，举杯的是踏上征程的欢送酒，唱的是继续奋进的高亢乐，图的是更加宏伟的大志业。

时光流逝，光阴似箭。几十年，弹指一挥间；几天，瞬息而过。但这记忆永在，美好永存，相思永恒。

再见了，亲人们，有相聚就一定有分别，月有阴晴圆缺，人有悲欢离合，自古以来就是这样。聚，总是暂时的，分则是必然的，但心中永在，心中永念，心中永思，心是永远不会分离的。

亲人们，我们将永远牵手，因为我们曾经共同经历过苦难；朋友们，我们也将继续牵手，因为我们曾经共同经历过风雨。

志未竟，事未了，一切快乐永远在路上，一切幸福永远在战斗中。

春天已经到来，春天就在前面，春天不远了。

# 夜幕下的凤凰

在长沙会议后，为考察合作项目，今天一早离开长沙，经韶山到怀化，在怀化短暂停留，在主人的陪同下，在夜幕降临前来到闻名遐迩的凤凰古城。

凤凰古城有数千年的历史，也是文学巨匠沈从文的故乡。凤凰古城的美，通过沈从文优美的笔调，如画，如诗，如歌，如泣，深刻在人们的心里。

夜色中，凤凰古城灯光流彩，把古城照得似白天，沱江水从古城中穿城而过，熙熙攘攘的游客或通过连接两岸的廊桥，或通过简易木桥，来往穿梭于两岸。江边是夜幕凤凰最美的地方，除了灯光的美外，在江边聚集与来往的人们带来的巨大人气，也是这景色中不可缺少的重要元素。

虹桥，是连接两岸的廊桥，这里是新城与古城的连接点与分水岭，是凤凰城一个重要的地标。与以往不一样的是，陪我们来的苏董事长是这座廊桥的成功改造者，而我们这次来也与这座廊桥有关。听着苏董事长娓娓道来，看着虹桥周围聚集如此高的人气，我们都对廊桥充满兴趣，用手机拍下了这美丽的历史瞬间。

夜幕下，美丽的凤凰古城，像一只金色的凤凰，展开双翅，欢迎各方来客。特色小吃，风味佳肴，苗寨风情，吸引着众多游客，人们在这里享受着生活的快乐；而节奏感极强的摇滚乐，则成为年轻人的向往，在这里放声歌唱，就如同进入一个自由空间，可以尽兴而无人干扰；而民间艺人在江边上深情演奏的各类名曲、流行曲，则往往让游客驻足观赏，与这些艺术家一起进入美好的故事。

凤凰古城很大，如此短的时间是难以走遍的，更是无法深刻把握凤凰古城的灵魂。但感觉夜幕下的古城是很美的，这里超高的人气，美丽的江景，肯定是我去过的最美的古城。

# 忽然一夜成绿道

晨练，基本已经成为我的一个习惯，不论在哪里，心情如何，大体做到风雨无阻。

成都的晨练，习惯的路线是从家出发，沿着星辉东路西行，到名人酒店绕回来。

但今天早晨再到星辉东路时，沿府南河的道路发生了变化，忽然一夜之间成绿道，这太让人惊喜了，简直不可思议了，真是个奇迹。可惜这一段太短，要是能够继续连下去，那就太好了。

只要下决心，古老的街道会焕发青春的活力；只要下决心，便民的事会越来越多；只要下决心，城市会越来越漂亮。

顺势而为，顺应人心，则必皆大欢喜。然而，随心所欲，背时，背运，背人心，也会惹来麻烦。

这两天，人们议论最多的是"5·31"新政，新政对新能源采取了急刹车，刹车的结果是行业瘫痪，股市蒸发，两天内新能源龙头股的市值已蒸发掉千亿以上，新政"效果"真明显，立竿见影。只是可惜了这个在国际上具有强大竞争力、庞大的新能源行业，可惜了十多年来为新能源呕心沥血的开拓者们。

刹车，固然必要，但刹车太快了，必定人仰马翻；调控也属必然，但调控太陡了，必定行业塌陷。不留时间，没有空间，行业难以健康生存。

和谐社会，一切都得学会商量，趋利一致，才能和谐；新时代，充满希望，是时代特征，不能让大家没有希望，更不能让人绝望，更何况发展绿色经济是载入宪法的神圣事业。

希望多一些忽然一夜之间成绿道的伟业，少一些忽然一夜之间股票成绿色的愁事。

# 在平淡中开创新生活

或许，我们的每天都是这样平淡而无新意；

或许，我们的每天都是这样单调枯燥而日日重复；

或许，我们因生活的枯燥乏味而产生厌倦。

但，生活就是这样，平淡而新奇，平凡而伟大，这就是我们要面对的生活。

新的道路，可能就在这平淡的一天中突然找到方向；

新的转折，可能就在这不经意间突然来临；

新的纪录，可能就在这平淡的一天中创下；

新的伟大，可能就在这平淡的一天中产生；

新的思想，可能就在日复一日的平淡中出现。

不甘平淡而创新，活出每一天的意义，活出每一天的滋味，活出每一天的精彩。

不愿时间就这样匆匆过去，抓住每一天，抓住每一时，抓住每一分，创造新的纪录。

真心拥抱生活吧，生活是创造的源泉，平淡中孕育着伟大。

看似平淡如水的生活，到处是激情澎湃，看似平静的海面，风浪将要来临。

勇敢放飞生命吧，生命是活力四射的，不应该受到约束。

让生命自由奔放，奔向广阔的空间，奔向自由的世界。

让生命充分燃烧吧，迸射出生命的火花，放射出生命的异彩。

# 秋日的暖流

## ——记我与何建明老师的亲切见面

今天无锡的天气分外好，秋高气爽，微风轻拂，湖里倒映着城市的美景，杨柳低垂，蠡湖十里长堤，风光无限。

今天，迎来了贵客，中国作协副主席、著名作家、著名评论家何建明老师，也是《战狼2》的特约作家，这部作品改编成电影后，票房已突破56亿，可见文化产业的巨大前景与潜力，可见何建明老师的深远影响力。

尽管是初次见到建明老师，但我们好像是久别的老朋友，非常亲切，一见如故，非常谈得来。建明老师到无锡后，我们先在十一科技华东大厦参观并交谈，然后约了无锡的文学界朋友们一起来到吴韵雅居喝茶，共度这美好的秋日时光。

最早知道建明老师，是通过海梦老师与宓月的推荐。建明老师只年长我几个月，我们同属羊，但作为在文学界最有影响力的人物之一，又是中国作家协会的领导同志，却十分平易近人，为人亲切和蔼，一点架子都没有。我和华东分院的同事们，在与他交流过程中，没有一点压力。

建明老师曾先后为我的拙作和我主编的作品撰文作序，从散文集《今夜又下着雨》到我主编的《中国散文诗百年经典》，特别是最近我与太太的新作《行走在远方》，他从未因为忙而推辞，在百忙中抽出时间，认真地为我的书作序，令我十分感动。这些序言在读者中反响强烈，成为这些书再版与畅销的重要原因之一。

　　建明老师的序，高屋建瓴，思想深刻，情感细腻，笔调流畅，行文真诚，是充满艺术的珍品，可谓字字珠玑，句句闪光，一字千金，成为这些书的灵魂与阅读的向导，为这些书大大地增添光彩，我内心一直非常感谢建明老师。他对作品的深入与提炼，在不少方面已经超过我本人，他写的序绝不是那种敷衍的门面话，而是深入阅读作品，提炼出作品的内涵，对阅读者来说，是阅读的真正向导，对创作者来说，给予了鼓励和激励，更是为今后的创作指出了更高更广阔的提升方向。

　　虽然我只是文学界一个业余跨界者，但建明老师却对我非常尊重。在亲切的交谈中，建明老师对我在散文诗方面取得的成就给予了极高的评价，对我在小说方面的创作给出了中肯的意见，对我未来在文学方面的发展指出了明确的方向。应我的要求，他还在我办公室挥毫写了两幅珍贵的书画。建明老师还赠送了我他已经出版将要问世的新巨作《浦东史诗》。

　　人，因缘而识，因知而交；人，因合而聚，因聚成友；人，因友而发，因发而鸣。

　　名人指津，一语点亮，一语定方向；名人点金，一点成金，一金定乾坤。

　　暖暖的秋日，和煦的阳光，温馨的微风，美丽的蠡湖，飘洒的落叶，金色的秋景，风吹的秋叶，像一股无法阻挡的暖流。

在这温暖的日子里，迎来了美好的时光，这美好的时光，记录着建明老师与我的亲切见面，记录着建明老师与无锡文学界朋友们的亲切交流，而这交流又搭起了中国作协与无锡文学界的联系桥梁。这一切都将成为这个秋日的美好记忆，将长久地留在我的心底，留在无锡朋友们的心底。

## 图书在版编目（CIP）数据

天边：赵振元散文自选集／赵振元著 . -- 北京：作家出版社，2024.8

ISBN 978-7-5212-2783-3

Ⅰ.①天… Ⅱ.①赵… Ⅲ.①散文集 - 中国 - 当代 Ⅳ.①I267

中国国家版本馆 CIP 数据核字（2024）第 078502 号

**天边——赵振元散文自选集**

作　　者：赵振元
责任编辑：田小爽
装帧设计：Lili
出版发行：作家出版社有限公司
社　　址：北京农展馆南里 10 号　　　邮　　编：100125
电话传真：86 - 10 - 65067186（发行中心及邮购部）
　　　　　86 - 10 - 65004079（总编室）
E - mail: zuojia@zuojia. net. cn
http: // www. zuojiachubanshe. com
印　　刷：北京盛通印刷股份有限公司
成品尺寸：145 × 210
字　　数：180 千
印　　张：8
版　　次：2024 年 8 月第 1 版
印　　次：2024 年 8 月第 1 次印刷
ISBN 978 - 7 - 5212 - 2783 - 3
定　　价：68.00 元